書下ろし

美女手形

夕立ち新九郎・日光街道艶巡り

睦月影郎

祥伝社文庫

目次

第一章　武家娘の熱き好奇心　7

第二章　野性味溢《あふ》れる女頭目《おんなとうもく》　48

第三章　母娘《おやこ》のいけない淫謀《いんぼう》　89

第四章　二人に挟まれて絶頂　130

第五章　鉄火《てつか》肌の熟《う》れた匂い　171

第六章　新たな快楽の旅立ち　212

「美女手形」の舞台
男体山
日光東照宮
鉢石
今市
大沢
徳治郎
宇都宮
雀宮
石橋
小金井
芋柄新田
間々田
小山
野木
古河
中田
栗橋
幸手
杉戸
粕壁
越谷
草加
千住
日本橋
下野
上野
常陸
武蔵
下総

第一章　武家娘の熱き好奇心

一

「おう客人《きやくじん》、手紙が届いてやすぜ」

朝、新九郎《しんくろう》が出立《しゆったつ》の仕度《したく》をしていると、三下の伝八《でんぱち》が部屋に入って来て包みを渡した。伝八はまだ二十歳《はたち》だが、髭面《ひげづら》の大男である。

「有難《ありがと》う存じやす。どなたが」

「ああ、流れ者の鳥追《とりお》いらしい若い女が持って来やした。誰かに頼まれたんでやしょう」

受け取った新九郎は頷《うなず》き、すぐ包みを開くと、桔梗紋《ききようもん》の入った道中《どうちゆう》手形《てがた》と手紙が入っていた。

「へえ、読めるんですかい。てえしたもんだ。俺なんざ読み書きはからっきし」

伝八は、読んでいる新九郎に言い、すぐに部屋を出て行った。

ここは新九郎が逗留《とうりゅう》している粕壁《かすかべ》の銀蔵《ぎんぞう》一家だった。

五十年配になる親分の銀蔵は、夕立《ゆうだち》新九郎の異名を耳にしていたらしく、快く滞在させてくれた。賭場でも少々稼《かせ》がせてもらい、新九郎も数日世話になったが今日発《た》つつもりだったのである。

もちろん行く当てもない気ままな旅で、今までも東海道《とうかいどう》に中山道《なかせんどう》と、雲の流れに従って放浪していた。

手紙は、鳥追いの姿をした前林《まえばやし》家のお庭番《にわばん》、初音《はつね》からのものだった。

彼女は、新九郎の旅先に常に見え隠れしていたのだが、ここしばらく姿が見えなかったのだ。

(兄上が回復して日光《にっこう》へ……?)

手紙を読み、新九郎は心を動かされた。

兄というのは、前林家十万石の藩主、高明《たかあき》である。新九郎と双子なので、同じ二十六歳。

大名の血筋が渡世人《とせいにん》というのも妙なものだが、新九郎は城を出た養母の稲《いね》に育てられ、稲が死んでから国を出て無宿人《むしゅくにん》となった。それでも、前林家との柵《しがらみ》は彼の周囲について回っていたのである。

手紙には、こうあった。

病弱だった高明に待望の男子が生まれ、それに安堵《あんど》したか病も癒《い》え、かねてからの念願だった日光社参に赴《おもむ》いたらしい。すでに江戸藩邸を発ち、社参を終えたらそのまま上州《じょうしゅう》の国元へ戻るようだった。

そして高明は、たった一人の弟である新九郎を思い、今一度あいまみえて話がしたいと懇願《こんがん》しているので、道中のどこかで合流して欲しいとのことである。

前林家の家紋の付いた手形は、栗橋《くりはし》の関所で役に立つだろう。

（日光道中か……）

ちょうど、北へ向かおうかと思っていたところである。

仕度を終えた新九郎は手形と添え書きを懐中に入れ、銀蔵の部屋へと挨拶《あいさつ》に行った。

「お世話になりやした。これにて失礼いたしやす」

「おお、行くかい。夕立の。これからどっちの方へ」

太って貫禄《かんろく》のある銀蔵が、煙管《きせる》の煙《けむり》をくゆらせて言った。土地では、情けに篤《あつ》い親分として信望もあるようだった。

「日光の方へ所用が」

「それなら、途中まで伝八を連れてっちゃくれめえか。奴あここへ来て三年になるが、小山《おやま》にいる母親の死に目にも会えなかったんだ。墓参りに行かせてやろうと思っていたが、良い折りだ」

「へえ、承知いたしやした」

言われて新九郎は快諾し、挨拶を終えると玄関へ出て草鞋《わらじ》の紐《ひも》を結んだ。

すると、慌《あわ》てて仕度をしたらしい伝八がドタドタと奥から出てきた。

「すんません。ご一緒させて頂きやすんで」

伝八は言い、その場で足袋《たび》を穿《は》くと脚絆《きやはん》を着けて草鞋を履き、着替えの入った振り分け荷物と長脇差《ながどす》、道中合羽《がっぱ》と三度笠《さんどがさ》を持った。

「じゃ、また帰りに通ったら寄っておくれよ」

見送りに出てきた銀蔵が言った。

「へえ、では御免なすって」

新九郎は辞儀《じぎ》をして一家を出た。

「伝八、迷惑かけるんじゃねえぞ」

「い、いってめえりやす……」

言われて、伝八もぺこりと頭を下げて出てきた。

「きゃ、客人、待っておくんなさい」

「ああ、新《しん》さんでよござんすよ。そらそら、帯が緩《ゆる》んで長脇差が落ちそうだ」

「へへ、長《なげ》えの差すのは初めてなんで。それに三年めえに来たときは襤褸《ぼろ》をまとってただけで、みんな借り物でやす」

ようやく身なりを整えて落ち着き、伝八も意気込んで歩きはじめた。

「出来た親分さんと思いやす」

「ええ、線香代と宿賃に二分くれなすった。急で手形は無理だったが、関所を通られねえ抜け道も存じてやすんで」

「いや、あっしと一緒なら大丈夫。さっき手形を見たでやしょう」

新九郎は言い、空を仰《あお》いだ。良く晴れているが、十月に入り、だいぶ風も冷たくなってきた。

初音の手紙では、もう前林藩の行列はだいぶ先に行っているようだが、病《や》み上がりの高明を気遣ってゆっくり進むだろうから、やがて追いつくに違いない。

歩きながら話すと、伝八は小山の外れにある農家の生まれで、八人兄弟の末っ子。兄たちは近在に養子に入ったりしたが、飢饉《ききん》続きでどこも暮らしは厳しく、伝八は町で働くため家を出た。

しかしどこも大変で、流れ流れて粕壁の銀蔵一家に転がり込んだという。少し落ち着いてから、兄貴分の代筆で家に手紙を出してみたが、長兄からの返事で母の死を知らされ、その兄も貧しい村を捨てて足利《あしかが》の方へ出稼ぎに行くと書かれ、以後の便《たよ》りは途絶えた。

「じゃ、もう村は」

「ねえでしょう。墓もあるかどうか分からねえけど、とにかく小山へ行って手だけ合わせりゃ気が済むってもんで」

生来《せいらい》明るい性格のようで、伝八の声は弾《はず》んでいた。さんざん一家でコキ使われてきたが、初めて伸び伸びと旅をするのが嬉《うれ》しいらしい。

「何でも、街道には山賊が出るって話ですから、小山より先は気をつけておくんなさい。日光へお詣《まい》りなんざ、金持った大名や大店《おおだな》ばかりでやすからね」

伝八が言う。今までどの街道でも、賑《にぎ》やかな界隈《かいわい》を離れたところでは何度も山賊の噂《うわさ》を聞いたし、実際に出くわしたこともあったものだ。どこも貧しいときは、そうした者たちが出没してしまうのだろう。

やがて粕壁を出た二人は、杉戸《すぎと》を越え幸手《さって》の手前にある茶店で昼餉《ひるげ》。そして栗橋で町外れにある安い宿に入った。

明日は関所と、利根《とね》の川越えである。

風呂を使い、二階の部屋で夕餉を済ませると、すぐにも伝八は横になって大鼾《いびき》をかきはじめた。今までは夜中でも使い走りに呼び出されることもあったか、手足を伸ばして眠るのは初めてなのかも知れない。

「新さん」

と、声がかかって静かに襖《ふすま》が開いた。

「おお、初音か。久しぶりだな」

部屋に入って来た、鳥追い姿の彼女を見て、横になっていた新九郎も半身を起こして言った。

「ええ、ずっと江戸屋敷にいて殿のお側《そば》に居《お》りましたので」

「そうか、兄上は今どこに」

「この、同じ栗橋の本陣にお泊まりです」

「そうか、では明日一緒に関所越えか」

「これは、そのすごい鼾のお髭さんの手形です。お二人は前林藩に所縁《ゆかり》のある者と、関所の役人に言っておきますので」

初音は言い、伝八の分の手形も渡してくれた。

「それより、お子が出来たとか」

「はい、先月に千代《ちよ》様は男のお子を」

「では、あっしの子か……」

新九郎は、一年前に病弱な高明の代わりに正室の千代と交接したことを思い出した。そのときは初音の術で、千代は新九郎のことを高明と思い込んでいたのである。むろん怪しまれぬよう、高明にも同じ時期に無理やりにでも交接させているのだろう。

「いいえ、それは神様にしか分かりません。とにかくお子が出来てから、殿は見違えるようにお元気になり、お国許へ帰る前に、神君《しんくん》（家康《いえやす》）へお礼を申したいと日光社参を思い立ちました」

「そうか……」

新九郎は答え、兄が元気になったことを素直に喜んだ。そして、伝八を起こさぬよう声を潜めて囁《ささや》く、彼女の甘酸っぱい吐息を感じると、新九郎はムクムクと痛いほど勃起してきてしまった。

何しろ、ここしばらく初音も姿を見せなかったので、淫気も相当に溜まっているのだ。

「いいか……」

「ええ、もちろん」

誘いをかけると、初音も答えてすぐにも帯を解《と》きはじめてくれた。

新九郎も手早く寝巻を脱いで全裸になると、同じく一糸《いっし》まとわぬ姿になった初音が布団に仰向《あおむ》けになっていった。

二

「ああ、嬉しい……」

久々の女体を前に、新九郎は思わず呟《つぶや》きながら添い寝し、初音の息づく乳房《ちぶさ》に顔を埋め込んでいった。

薄桃《うすもも》色の乳首にチュッと吸い付き、舌で転がしながら顔中を柔らかな膨《ふく》らみに押し付けて感触を味わった。

「ああ……」

初音はか細く声を洩《も》らし、ビクリと反応すると、甘ったるい汗の匂いが生ぬるく胸の谷間や腋《わき》から漂《ただよ》ってきた。

まだ初音は入浴しておらず、また新九郎がありのままの匂いを好むことを知っているので、彼女も羞《は》じらいながら身を投げ出していた。

もう片方の乳首も含んで充分に舐め回すと、彼は初音の腕を差し上げ、腋の下にも鼻を埋め込んで女の匂いを貪《むさぼ》った。

汗に湿った和毛《にこげ》の隅々《すみずみ》には濃厚な匂いが籠《こ》もり、新九郎は鼻腔《びくう》を刺激されながら激しく勃起していった。

白く滑《なめ》らかな肌を舐《な》め降り、弾力ある腹に顔中を押し付けて臍《へそ》を舐め、ぴんと張り詰めた下腹から腰、ムッチリした太腿《ふともも》へと降りていった。

その間も、全く伝八は気づくことなく、大鼾を乱すこともなかった。

脚を舐め降り、足首まで行って足裏に回り込み、踵《かかと》から土踏まずを舐め上げながら、指の股《また》に鼻を割り込ませて嗅《か》いだ。

江戸屋敷にいるときと違い、やはり長く歩いてきているから、そこは汗と脂にジットリ湿り、蒸《む》れた匂いが濃厚に沁《し》み付いて鼻腔を刺激してきた。

新九郎は胸いっぱいに嗅いでから爪先《つまさき》にしゃぶり付き、順々に指の股にヌルッと舌を挿《さ》し入れて味わった。

「あう……！」

初音も息を詰めて呻《うめ》き、キュッと指先で彼の舌を挟み付けてきた。

もう何度もされていても、やはり素破《すっぱ》の身としては主君の弟君に足をしゃぶられるのは苦手なようである。

味わい尽くすと、もう片方の足指も味と匂いを貪り、やがて新九郎は彼女の脚の内側を舐め上げ、股間《こかん》に顔を進めていった。

白く滑らかな内腿を舐め上げると、陰戸《ほと》から発する熱気と湿り気が顔中を包み込んできた。

ぷっくりした丘には楚々《そそ》とした恥毛《ちもう》が茂《しげ》り、割れ目からはみ出した花びらは蜜《みつ》を宿してネットリと潤《うるお》っていた。

指を当てて陰唇を広げると、膣口の花弁《かべん》状に入り組む襞《ひだ》が息づき、ポツンとした尿口の小穴もはっきり見えた。そして包皮を押し上げるように、光沢あるオサネがツンと突き立って愛撫《あいぶ》を待っていた。

堪《たま》らずに顔を埋め込み、柔らかな茂みに鼻を擦《こす》りつけて嗅ぐと、隅々に籠もった汗とゆばりの匂いが悩ましく鼻腔を刺激してきた。

匂いを貪りながら舌を挿し入れると、トロリとした淡《あわ》い酸味のヌメリが迎え、彼は膣口からオサネまで味わいながら舐め上げていった。

「アアッ……」

初音がか細く喘《あえ》ぎ、内腿でキュッと彼の両頬《ほお》を挟み付けてきた。

新九郎はもがく腰を抱え、オサネをチロチロと舐め回しては、新たに溢《あふ》れる蜜汁をすすった。

さらに彼女の両脚を浮かせ、形良い尻の谷間にも迫った。

桃色の蕾《つぼみ》が細かな襞を震わせてひっそり閉じられ、鼻を埋め込むと顔中に双丘が密着してきた。

蕾に籠もる秘めやかな微香を嗅いでから舌を這《は》わせ、充分に襞を濡らしてからヌルッと潜《もぐ》り込ませて滑《なめ》らかな粘膜まで味わった。

「く……、どうか、もう……」

初音が息を詰めて呻き、肛門でキュッときつく彼の舌先を締め付けた。

やがて彼女の前も後ろも存分に味わってから、新九郎は股間から這い出して添い寝すると、すかさず初音が身を起こしてきた。

大股開きになると、彼女も真ん中に陣取って腹這い、まずは自分がされたように彼の両脚を浮かせ、尻の穴に舌を這わせてきた。

熱い息がふぐりをくすぐり、ヌルッと舌先が潜り込むと、

「あう……」

新九郎は妖《あや》しい快感に呻き、初音の舌先をキュッと肛門で締め付けた。

彼女が内部で舌を蠢《うごめ》かすと、内側から操られるように勃起した肉棒がヒクヒクと上下した。

ようやく脚を下ろすと、彼女はそのままふぐりを舐め回し、二つの睾丸《こうがん》を転がして袋全体を生温かな唾液《だえき》にまみれさせてくれた。

いよいよ滑らかな舌先が肉棒の裏側をゆっくり這い上がり、先端まで来ると彼女は幹《みき》に指を添え、粘液の滲《にじ》む鈴口《すずぐち》をチロチロと丁寧に舐め回した。

さらに張りつめた亀頭をしゃぶり、モグモグとたぐるように喉《のど》の奥まで呑み込んできた。

「アア……」

新九郎は快感に喘ぎ、美女の口の中でヒクヒクと幹を震《ふる》わせた。

初音は熱い鼻息で恥毛をそよがせ、付け根を丸く締め付けて吸い、口の中ではクチュクチュと舌がからみついた。

たちまち肉棒は、生温かく清らかな唾液にまみれて震え、急激に絶頂が迫ってきた。

思わずズンズンと股間を突き上げると、

「ンン……」

初音も小さく鼻を鳴らして顔を上下させ、濡れた口でスポスポと強烈な摩擦を繰り返してくれた。

「い、いきそうだ……」

高まった新九郎が言って初音の手を引くと、彼女もすぐスポンと口を引き離して顔を上げた。引っ張られるまま前進し、自らの唾液に濡れた肉棒に跨《また》がると、先端に陰戸を押し付けてきた。

やがて位置を定めると、初音は息を詰めてゆっくり腰を沈めていった。

張りつめた亀頭が潜り込むと、あとはヌルヌルッと肉襞の摩擦を受けながら、一物《いちもつ》は滑らかに根元まで嵌《は》まり込んだ。

「アア……、いい……」

初音がビクッと顔を仰《の》け反《ぞ》らせて喘ぎ、キュッときつく締め付けてきた。

新九郎も温《ぬく》もりとヌメリに包まれて快感を味わいながら、両手を伸ばして彼女を抱き寄せた。

初音も身を重ね、柔らかな乳房を彼の胸に密着させてきた。

彼は両手で抱き留め、僅《わず》かに両膝《ひざ》を立てて初音の尻の感触も味わい、下から唇《くちびる》を求めていった。

柔らかな唇がピッタリと重なり、唾液の湿り気と甘酸っぱい息が感じられた。

舌をからめて美女の生温かな唾液を味わいながら、彼はズンズンと股間を突き上げはじめた。

「ンンッ……」

初音も熱く鼻を鳴らし、突き上げに合わせて腰を遣ってくれた。

溢れる蜜汁が律動《りつどう》を滑らかにさせ、彼のふぐりから肛門の方まで伝い流れ、動くたびにピチャクチャと淫《みだ》らに湿った摩擦音が聞こえてきた。

「ああ……、いきそう……」

初音が口を離し、唾液の糸を引きながら言って動きを速めていった。

股間をしゃくり上げるように擦りつけると、恥骨《ちこつ》の膨らみまでコリコリと彼の股間に伝わってきた。

新九郎は初音の喘ぐ口に鼻を押し付け、可愛らしく甘酸っぱい果実臭の息を胸いっぱいに嗅ぎながら、とうとう心地よい摩擦の中で昇《のぼ》り詰めてしまった。

「く……!」

突き上がる絶頂の快感に呻き、熱い大量の精汁がドクンドクンと勢いよく柔肉の奥にほとばしると、

「い、いく……、アアーッ……！」

噴出を感じた初音も声を上ずらせ、同時にガクガクと狂おしい痙攣《けいれん》を起こして気を遣《や》ってしまった。彼は高まる収縮の中で心ゆくまで快感を味わい、最後の一滴まで出し尽くしていった。

すっかり満足しながら突き上げを弱め、力を抜いていくと、

「ああ……、良かった……」

初音も満足げに声を洩らし、肌の強《こわ》ばりを解いてグッタリともたれかかってきた。まだ膣内の収縮はせわしげに続き、刺激されるたび射精直後で過敏になった一物がヒクヒクと跳《は》ね上がった。

そして新九郎は、初音の温もりと重みを受け止め、彼女の吐き出す息を嗅ぎながら、うっとりと快感の余韻《よいん》に浸《ひた》り込んでいった。

まだ伝八は、何も知らずに大鼾をかいている。

やがて呼吸を整えると、初音は懐紙を手にしてそろそろと股間を引き離して陰戸に当てた。

手早く割れ目を拭《ふ》き清めながら彼女は屈《かが》み込み、淫水と精汁にまみれた一物をしゃぶって綺麗にしてくれたのである。

「も、もういい……、またしたくなる……」

新九郎は言い、降参するように腰をよじった。

ようやく初音も口を離し、あらためて懐紙で包み込むように一物を拭き、下帯を整えてくれてから身繕《みづくろ》いした。

「では明日、良いときに行列の方へ」

彼女は言い、新九郎の掻巻《かいまき》を整えると静かに出ていったのだった。

三

「うわあ、漏《も》らしちまった……」

「なに、寝小便ですかい」

起きた途端《とたん》に伝八が言うので、新九郎も苦笑して言った。

「いや、精汁の方でさあ。どうも女の匂いが漂ったような、良い夢を見たと思っていたんだが」

伝八が言う。やはり夢うつつに、初音の匂いを感じ取っていたのだろう。

「ああ、三下が雑魚寝《ざこね》する部屋と違って、伸び伸びしたんでやしょう」

「確かに、こんな布団に寝るなんざ初めてのことだ。ちょっくら洗って来やす」

伝八は言って替えの下帯を持ち、部屋を出て行った。

新九郎も起きて布団を畳み、手拭《てぬぐ》いを持って顔を洗いに出た。昨夜は久々に初音を抱いたので、ぐっすりと眠れた。

ちょうど夜が明けたところで、今日も爽《さわ》やかな秋晴れのようだ。

二人して二階の部屋に戻ると、朝餉が運ばれてきた。食事を済ませると身繕いをし、宿賃を払って旅籠《はたご》を出た。

そして宿場を出ると広大な利根川が見えてきて、川面《かわも》を抜ける風が顔に感じられた。

間もなく栗橋の関所があり、やや緊張気味の伝八と一緒に中に入り、三度笠と合羽を脱いで役人に恭《うやうや》しく礼をした。

「日光まで行く上州無宿、新九郎と申しやす。これは小山までの連れで伝八」

新九郎が、二人分の道中手形を差し出して言うと、すぐに役人も納得したように頷いてくれた。

「おお、前林藩のお女中から聞いておる。ご一行は間もなく来るようだが、所縁のあるおぬしらが先陣のようだな。渡世人のなりとは酔狂《すいきょう》」

役人が笑って言い、それでも役儀上、二人は振り分け荷物の中や懐中をあらためられた。

どうやら新九郎の、渡世人らしからぬ風貌《ふうぼう》や物腰から、藩士の誰かが扮《ふん》して先を調べているとでも思ったのだろう。

取り調べも形ばかりのもので、やがて目を白黒させている伝八ともども解放されたので、荷を直して辞儀をし、二人は出口へと向かった。

そこは河原で、渡し舟も待機している。

「い、いってえ前何とか藩というのは？」

舟へ向かいながら伝八が囁いた。

「ああ、知り合いの大名がくれた手形なので心配要《い》りやせん。抜け道を行くよりずっと楽でやしょう」

「だ、大名の知り合いって、客人、いや、新さん、あんたはいってえ……」

伝八は目を丸くして言ったが、新九郎は要領を得ぬ彼を促して舟へと乗り込んだ。すでに旅の行商人や、所用の帰りらしい近在の武士なども乗っていた。

間もなくいっぱいになると、残りの客を桟橋《さんばし》に残して舟が出た。

緩やかな流れに沿って斜めに進むと、向こう岸から来た舟とすれ違った。どちらも多くの客が乗っている。

関所を越え、冷や汗をかいていた伝八は川風が心地よさそうだ。

いくらも経《た》たぬうち対岸に着くと、そこは中田《なかだ》の宿。

川止めなどに備えて旅籠も多いが、まだ昼餉には早いので古河《こが》まで行ってから宿でもらった握り飯を食った。

すると、中田方面から一人の若い武士が足早にやって来て、茶店の縁台にいる二人をジロリと見た。

男装の女である。歳の頃なら二十半《なか》ば。

「おぬしらか。当藩の者に成りすまし、関所を越えたというのは」

凛《りん》とした声で言う。眉《まゆ》が濃く切れ長の目が涼《すず》やかだが、相当な手練《てだ》れらしく闘志が漲《みなぎ》り、一分の隙《すき》も見えなかった。

「あなた様は？　あっしは新九郎、これは伝八」

「前林藩剣術指南《しなん》、吉井静乃《よしいしずの》」

彼女が言い、新九郎は前に会った女丈夫《じょじょうふ》の片岡飛翔《かたおかひしょう》を思い出した。

あとで聞くと、静乃は飛翔の妹分らしい。

「とにかく、手形を見せてもらおう」

言われて、新九郎も悪《わる》びれずに懐中から取り出して見せた。

「この桔梗の紋所……、一体どこで手に入れた」

一行の先陣らしい静乃が詰め寄った。

どうやら手形は初音が独断で江戸屋敷の上役に言って貰《もら》ったものらしく、静乃などは聞かされていなかったのだろう。

そして彼女は、先陣を切って関所を越えたが、お喋《しゃべ》りな役人が、すでに渡世人姿の先陣が通ったとでも言ったようだった。

「関所のお役人は何も不審に思わず通してくれたのだから、もう構わんで下さいやせ」

「いいや、ならん。ご一行の滞《とどこお》りない道中のためにも、些《いささ》かの疑いでもあらば詮議せねばならん」

静乃は言い、周囲を見回した。街道筋は人通りも多いので、この場での悶着《もんちゃく》はためらったようだ。

「来い。あの寺へ進め」

彼女が言い、街道を外れた彼方《かなた》を見ると古寺があった。

仕方なく、新九郎は伝八を促し、草の中を歩きはじめた。背後からは、静乃が油断なくついてくる。

新九郎も、素性を明かせば楽なのだが、伝八に知られ、銀蔵一家に戻って親分たちに言いふらされても困る。それに静乃の剣幕が何やら心地よく、彼女への興味も湧《わ》いたのだった。

「ねえ新さん、どうやら女のようだが、二人がかりで叩《たた》きのめして……」

「お武家に敵《かな》うわけないでやしょう。相当な遣い手のようで」

「ああ、確かに凄味《すごみ》があらぁ……」

二人が囁き合っていると、

「妙な真似をすると抜き打ちにするぞ」

後ろから、鯉口《こいぐち》を切っている静乃が言った。

やがて古寺へ入ると、そこは無人の荒れ放題。それでも庫裡《くり》に入ると、土地の者や旅人などが雨宿りでもするためか、筵《むしろ》も敷かれ囲炉裏《いろり》の薪《たきぎ》なども揃《そろ》えられていた。

「さあ、どうして手形を手に入れたか言ってもらおう」

　二人を座らせると、静乃が身構えながら言った。

「あ、あっしは何も知らねえんで、ただ小山へ行く道連れで、手形も新さんが」

　行き詰まるほどの彼女の迫力に耐えきれず、伝八がまくし立てながら立ち上がった。

「むぐ……！」

　その伝八の水月《すいげつ》に、静乃の素早く容赦ない柄当《つかあ》てがめり込んだ。ひとたまりもなく、伝八は膝を突いて崩れ、そのまま昏倒《こんとう》してしまった。

「何をなさいやす！」

「お前は相当に遣えそうだな。良いぞ、抜いてかかってこい。私はまだ人を斬ったことがない」

　静乃が舌なめずりをし、じっと彼を見下ろして言った。やはり袋竹刀《ふくろしない》での稽古《けいこ》が物足りず、日光社参の警護役として実戦の経験がしたくてウズウズしているようだった。

「滅相《めっそう》も、お手向かいなど致しやせんので」

　新九郎は腰を据えて答え、合羽と三度笠を脱いで神妙に頭を下げた。

「うん……？」

と、静乃は彼の顔を見て僅かに小首を傾げた。

やはり、どこかで見たような顔と思ったようだが、もちろん渡世人と主君をすぐに結びつけるはずもない。他人の空似と思ったか、いきなり手を伸ばして新九郎の顎《あご》に当ててグイと顔を上げさせた。

「早く手向かい致せ。抜かぬ者を斬るわけにいかぬ」

「あっしを斬るつもりですかい」

「ああ、どうせ手形は盗んだか偽造したものであろう。そんなことより斬り合いがしたい」

「お断り致しやす」

「これでもか」

言うなり静乃は形良い唇をすぼめ、勢いよくペッと彼の顔に唾液を吐きかけてきたのである。どうやら、飛翔よりも相当に気性が荒いようだ。

「女にこのようにされて何とも思わぬか」

静乃は、さらに頬を紅潮《こうちょう》させて言い、嗜虐《しぎゃく》の興奮に息を弾ませていた。

新九郎は、花粉のように甘い刺激を含んだ吐息と、生温かな唾液の固まりを鼻筋に受け、思わず股間を熱くさせてしまった。

「どうにでも、お好きなように」

新九郎は長脇差を鞘《さや》ぐるみ抜いて遠くへと転がし、いきなり筵に仰向けになってしまった。

抜刀しない限り斬らぬと言うので、これなら安心だろう。

すると、さらに静乃は嗜虐欲を露《あら》わにさせ、次の行動に出たのである。

四

「ならば、これならどうだ」

静乃は草鞋と足袋を脱ぎ、素足の裏で新九郎の顔を踏みつけてきた。

「舐めろ。そうしたら勘弁してやる」

言いながらグリグリと踏みにじり、彼も興奮に包まれながら足裏に舌を這わせた。鼻に押し付けられる指の股は、やはり汗と脂にジットリと湿り、蒸れた匂いが濃厚に沁み付いていた。

嗅ぐたびに、その刺激が一物に悩ましく伝わり、いつしか彼も激しく勃起してきてしまった。

静乃は弾みそうな呼吸を堪《こら》えて言い、爪先を彼の口に押し込んできた。

新九郎も、指の股に順々に舌を挿し入れて味わった。

「あう……、こっちもだ……」

静乃は足を交代させ、彼も新鮮な味と匂いを貪り尽くした。

すると静乃は、さらなる欲求を実行に移してきたのだ。

裁着袴《たっつけばかま》の裾《すそ》をめくり上げ、いきなり新九郎の顔に跨がるなり、厠《かわや》に入ったようにしゃがみ込んできたのである。

裾が顔中を覆《おお》って薄暗い中にも、割れ目と茂み、そして濡れはじめている陰唇が見えた。

「舐めろ。私が良いというまで。もし歯を立てたら突き殺すぞ」

言うなり、ためらいなく静乃は彼の鼻と口に割れ目を押し付けてきた。

柔らかな茂みが鼻に擦りつけられ、新九郎の鼻腔は甘ったるい汗の匂いとほのかな残尿臭に刺激された。

陰唇の内側に舌を挿し入れると、中の柔肉はすでに淡い酸味のヌメリに生ぬるく潤っていた。

「ここもしゃぶれ」

あるいは、生娘《きむすめ》かも知れない。飛翔のように、剣一筋に生きて男など寄せ付けぬ生き方をしているのではなかろうか。

新九郎は息づく膣口の襞をクチュクチュ搔《か》き回し、味わいながら滑らかな柔肉をたどり、初音より大粒のオサネまでゆっくり舐め上げていった。

「く……！」

静乃は思わず息を詰めて小さく呻き、彼の顔の左右で内腿を強ばらせた。

チロチロとオサネを舐めてやると、淫水の量が格段に増してきたようだ。

やはり剣術ばかりでは欲求も溜まり、日頃から自分でオサネをいじる習慣もあるのだろう。

しかし彼女は快感を恐れるように、股間を移動させた。

「ここもだ……」

前進して言い、彼の鼻と口に尻の谷間を押し付けてきた。

新九郎は顔中に弾力ある双丘を受け止め、蕾に籠もった秘めやかな匂いを嗅いでから、舌を這わせて襞を濡らし、言われる前にヌルッと潜り込ませた。

「あう……！」

恐らく初めての感覚であろう。静乃は呻いて肛門で舌を締め付けてきた。

彼が内部で舌を蠢かせると、陰戸から溢れた蜜汁が鼻先を濡らした。

「ああ……、変な気持ち……」

静乃は肛門を収縮させて喘ぎ、またそろそろとオサネへの刺激を求めて股間を移動させた。

再びオサネを小刻みに弾《はじ》くように舐めると、

「アア……、な、何と、心地よい……」

静乃は激しく身悶《みもだ》えながら息を弾ませて言い、またもや絶頂を避けるようにビクッと股間を引き離してきた。

そして彼の帯を解き、股引《ももひき》を引き脱がせて下帯を取り去った。すると同時に、ぶるんと勃起した一物が天を衝《つ》いた。

「き、貴様、私に淫気を……」

「滅相《めっそう》も。お武家の股を舐めるなど初めてのことでしたので……」

勃起を見て咎《とが》めるように言う静乃に、新九郎も息を弾ませて答えた。

「良い、勃《た》っているなら好都合。入れてみたかったのだ」

彼女は言い、またためらいなく跨がると、淫水に濡れた陰戸を肉棒の先端に押し付けてきたのだ。

どこの馬の骨か分からぬ渡世人と交接しようというのだから、案外に静乃は武家の矜持《きょうじ》などより、溜まりに溜まった淫気の解消と好奇心の方が強いのかも知れない。

位置を定めてゆっくり腰を沈み込ませると、張りつめた亀頭が潜り込み、あとはヌメリと重みに身を任せ、ヌルヌルッと根元まで受け入れていった。

「あう……」

完全に座り込み、股間同士を密着させると静乃がビクッと顔を仰け反らせて呻いた。

さすがに中は狭く、キュッときつく締め付けてきた。しかし充分すぎるほどの潤いがあり、彼女は味わうようにモグモグと膣内を収縮させた。

彼も肉襞の摩擦と締まりの良さを味わい、内部でヒクヒクと幹を震わせた。

「ああ、動いている……。やはり張り型と違って、柔らかく温かくて、何と心地よい……」

静乃が顔を仰け反らせ、目を閉じて言った。

やはり生娘だったらしいが、張り型の挿入経験もあるようだった。だから破瓜《はか》の痛みなどより、最初から快楽の方が大きいのだろう。

彼女は新九郎の胸に両手を突っ張り、上体を反らせ気味にしてグリグリと股間を擦りつけてきた。

さらに身を重ねようとしたが、大小が邪魔なので鞘ぐるみ抜いて置き、あらためて覆いかぶさってきた。

「ああ、これが私の最初の男か……」

近々と顔を寄せて彼の目を見つめ、熱い息で囁いた。

どことなく似通った主君の面影《おもかげ》も、無意識だろうが今の彼女には興奮に拍車をかけているようだ。

「突いて、強く奥まで何度も……」

静乃が、ぎこちなく動きながらせがんだ。

「両手を回してよろしゅうござんすか」

「良い、許す」

言われて彼も下から両手を回して押さえつけ、様子を見ながらズンズンと股間を突き上げはじめた。

「アア……、奥まで響く……」

静乃が声を上ずらせ、動きに合わせてクチュクチュと摩擦音も聞こえてきた。

恐らく、張り型での自慰《じい》は彼女も仰向けだろう。だから今は初めての体位で感じ、しかも男を組み伏せている状況も、静乃の自尊心を大いにくすぐって快感も増しているようだった。

「どうか、唾を垂らして下さいやし」

新九郎も快感を高め、股間を突き上げながらせがんだ。

「なぜ」

「口吸いは畏《おそ》れ多いので」

言うと彼女も懸命に唾液を分泌させ、唇をすぼめてタラリと少量だけ垂らしてくれた。新九郎は、白っぽく小泡の多い粘液を舌に受けて味わい、うっとりと喉を潤した。

「もっと多く」

「口が渇いて出ぬ……」

静乃は言うなり、驚いたことに、いきなり上からピッタリと唇を重ね合わせてきたのだ。やはり淫気と快感が高まり、もう相手が誰だろうと関係なく、衝動的に動いてしまったようだ。柔らかな唇が密着すると、新九郎も遠慮なく舌を挿し入れ、滑らかな歯並びを舐めた。

するとしずのも舌を伸ばし、自分から彼の口に挿し入れてクチュクチュとからみ合わせてきたのである。

新九郎は滑らかに蠢く舌の感触と、生温かくトロリとした唾液を味わい、彼女の吐き出す甘い息を嗅ぎながら突き上げを強めていった。

「ンンッ……、き、気持ちいいッ……！」

彼女が呻き、耐えきれずに口を離すなり膣内の収縮を活発にさせてガクガクと狂おしい痙攣を開始してしまった。

どうやら、初の交接で激しく気を遣ってしまったようだ。

もう新九郎も我慢できず、肉襞の摩擦とかぐわしい息の匂いに包まれながら絶頂に達してしまった。

「く……！」

快感とともに短く呻き、ありったけの熱い精汁をドクンドクンと勢いよく内部にほとばしらせると、

「あう、感じる……！」

噴出を受けた静乃が、駄目押しの快感を得たように呻き、キュッときつく締め上げてきた。

新九郎も股間をぶつけるように突き上げ続け、快感を噛《か》み締めながら心置きなく最後の一滴まで出し尽くしてしまった。

やがて突き上げを弱めて力を抜いてゆくと、

「アア……」

静乃も声を洩らし、力尽きたようにグッタリと彼に体重を預けてきた。

新九郎は荒い呼吸を繰り返し、膣内でヒクヒクと幹を震わせ、甘い花粉臭の息を嗅ぎながら、うっとりと余韻を味わったのだった。

五

「信じられない。こんなに良いものだなんて……」

静乃は、いつまでもハアハアと息を弾ませ、新九郎の上で何度かビクッと肌を震わせて言った。

そして遠慮なくもたれかかっていたが、ようやくノロノロと身を起こし、股間を引き離した。懐紙を出して袴《はかま》を汚さぬよう陰戸を拭《ぬぐ》い、満足げに萎《な》えかけている一物に顔を寄せてきた。

「これが精汁か……」

鈴口から滲んでいる白濁の粘液を見て言い、そっと鼻を寄せて嗅いだ。

「生臭いが、嫌ではない……」

静乃は言い、さすがに舐めることはせず懐紙に包み込んで拭いてくれた。

「ああ、自分でいたしやす……」

「良い、じっとしておれ」

身を起こそうとする彼を制し、静乃は丁寧に処理してくれたのだった。

「ああ、思いもかけず、こんな場所でしてしまった。しかも殿の警護中だというのに……」

静乃が言い、立ち上がって身繕いをして大小を帯びた。

新九郎も、身を起こして下帯と股引を整えた。彼女は憑《つ》き物が落ちたように、気を遣ったせいかすっかり戦う気も消え失せたようだった。

まあ、その方が良いだろう。いずれ近々、いや今日にでも新九郎の素性を知ることになるかも知れないのだ。

新九郎は、伸びている伝八を後ろから抱え起こし、背に膝頭を当てて胸を圧迫し、活を入れてやった。

「うう……」

すぐに伝八も目を覚まし、唸《うな》りながらハッと周囲を見回した。

「ご、ご無事でやしたか、新さん……」

「ああ、もう漏らしていないでやしょうな」

新九郎が苦笑して言うと、伝八は慌てて股間に手をやった。

「で、でえじょうぶで……」

彼は言い、当て身を受けた腹を押さえて立ち上がった。よくよく、眠っているときに隣で情交される星を持っているのかも知れない。

「大事ないか。済まぬ」

静乃が伝八に言い、新九郎も長脇差を腰に帯びて合羽と笠を持った。

「まだご不審なら、行列を待って、あっしに手形をくれたお人に引き合わせやすので」

「なに、やはり藩士の誰かからもらったと申すか」

「へえ、とにかく街道へ」

新九郎は促し、やがて三人は荒れ寺を出て古河の街道筋へと戻った。

時間を費やしたので、そろそろ一行も来る頃だろう。

するとき頃合い良く、彼方から行列がやってくるのが見えた。

「ここで待て」

静乃は言い置き、一行の方へと駆け戻っていった。

新九郎が笠と合羽を脱いで道端に膝を突くと、伝八もぎこちなく同じように座った。

「い、いってえどうなるんで……」

「まあ悪いようにはしやせんので。ただ、何があっても驚かず、粕壁へ戻っても あっしのことは内緒にしておくんなさいよ」

「何だか分からねえが、あんまりお武家とは関わりたくねえなあ……」

伝八が言っている間にも行列の先頭がすぐ前まで来ていて、二人は神妙に頭を下げた。

行列は二人の前を行き過ぎていくが、途中静乃が誰かに新九郎のことを言ったのだろう。すると重役らしき者が新九郎の方へ来ようとしたが、

「待て」

声がかかり、桔梗紋の入った豪華な乗物《のりもの》が停止すると、中から高明が出て来たではないか。

「おお、やはり新吾《しんご》か！　面《おもて》を上げよ」

高明が言い、新九郎に駆け寄ろうとする家臣を制し、前に出て来た。

周囲の重役たちと、静乃が呆然と成り行きを見守っていた。

「殿様、お健《すこ》やかになられたようで」

「殿ではない、兄と呼べ！」

絢爛《けんらん》たる着物を着た高明が屈み込んで言い、新九郎の手を握った。

「あ、兄上……、お顔の色も良く安堵いたしました」

新九郎も感極《かんきわ》まり、兄の顔を見上げながら声を詰まらせた。

「会いたかったぞ。初音から聞いたが、日光までともに来てくれるそうな。さあ立て」

手を握られたまま、新九郎も立ち上がった。

「あ、兄上……？　まさか、この渡世人が、そういえばお顔も……、アア……」

静乃が言うなりフラリとよろけ、そのまま気を失ってしまった。それを左右の家臣が驚いて支えた。

「駕籠《かご》を呼べ」

誰かが言い、古河の宿場へ何人か駆けていった。

「行列は進め。余は新吾と歩きたい」

高明が一行に言うと、少しぐらいなら良かろうと行列がゆっくり歩みを再開した。新九郎が高明とともに歩きはじめると、ようやく伝八も恐る恐る身を起こして目を丸くしていた。

「し、新さんが、お殿さんの弟……？」

伝八も、事情を察したように声を震わせていた。

「兄上、この者は粕壁で世話になった一家の者で、たいそう親思いなので墓参の小山まで一緒に」

「ああ、構わぬ」

言われた高明が、伝八の方を向いてニコリと笑いかけると、

「ははーっ……」

また彼は平伏してしまった。

それを新九郎が立たせ、一緒に歩きはじめた。

「どうか、このことは銀蔵親分には内緒に。あっしはただの渡世人なんで」

「が、合点《がってん》承知《しようち》つかまつりやした……」

伝八はしどろもどろに答え、やがて駕籠も着いて静乃を乗せて進んだ。

高明は、本当に回復したようで、むしろ前に会ったときのやつれ具合が嘘のようであった。

「千代も息災《そくさい》でおるぞ。子は、お前の一字を取り新之丞《しんのじょう》とつけた」

「左様で……」

新九郎は答えたが、高明は息子を、どちらの子と思っているのか、それは分からなかった。確かに一年前、死線を彷徨《さまよ》っていた高明は、新九郎の子種を正室に求めたのだ。

そのときは、まさかこれほど回復するとは夢にも思っていなかったのだろう。

しかし高明はなんの拘《こだわ》りもなく、素直に子が出来たことを歓《よろこ》び、新九郎に対しても何ら含むものも無く接していた。

「ここだけの話だがな、新吾」

高明が、周囲を慮《おもんぱか》り声を潜めて言った。

「回復とともに急に淫気が増してしまった。まるで今までの分を取り戻すかのように」

「それはまた……」

「江戸屋敷には千代の他に側室もいる。国許でも作りたい」

「楽しみでございますね」

大名の子は多いほど良い。淫気も旺盛《おうせい》になったのなら、もうお家安泰《あんたい》も盤石《ばんじやく》であろう。

「そなたはどうか。流浪の身では、余《よ》が出会う女たちとは種類も違うであろうが独り身を慰《なぐさ》めることもあるのか」

高明が言う。まさか新九郎も、病弱だった兄とこのような会話をするなど夢にも思っていなかったものだ。あるいは、もともと淫気の強い血筋だったのかも知れない。

「殿、そろそろ中へ」

やがて重臣に言われ、高明も無理せぬよう素直に乗物へと戻った。

「なんだかなあ、居心地が悪いったら……」

伝八が呟き、一行は野木《のぎ》の宿を越え、間々田《ままだ》の本陣に泊まることとなった。

もう明日は小山である。

そして当然ながら新九郎は元より、伝八まで本陣宿に泊まることになったのである。新九郎は高明たちの夕餉に呼ばれたが、挨拶程度で退散して伝八の部屋に戻った。

やはり多くの家臣たちの手前、渡世人がずっと主君の近くにいるのも良くないだろう。

そして入浴も済ませ、僅かな酒に酔った伝八は大鼾。

新九郎も寝ようとすると、そのとき襖が開いて、ようやく息を吹き返したらしい静乃が入ってきたのだった。

第二章　野性味溢《あふ》れる女頭目《おんなとうもく》

一

「私は腹を切ります。御無礼の段、ひらにお許しを……」

静乃が思い詰めた顔つきで新九郎に言い、深々と頭を下げた。

目を覚まして間もないのか、昼間の男装のまま、まだ夕餉《ゆうげ》も風呂も済ませていないのだろう。

「まあ、ゆっくり話しやしょう。こいつの鼾《いびき》がうるさいので、あなたの部屋へ」

新九郎が言うと、さすがに彼女も伝八の鼾の中で深刻な話はしたくないと思ったか、すぐに立ち上がった。

本陣宿で、新九郎にも豪華な部屋をとの申し出はあったが、伝八一人では不安がるので、新九郎は片隅《かたすみ》にある二人の部屋を望んだのである。

やがて二人は、静乃に与えられている部屋へ赴《おもむ》いた。

ここも警護のため、すぐ裏へ出られるような場所にあった。

「とにかく、腹など切られては迷惑いたしやすので」

あらためて座し、新九郎は言った。

すでに床《とこ》も敷き延べられ、さっきまで静乃は臥《ふ》せっていたらしく室内には甘ったるい匂いが生ぬるく立ち籠《こ》めていた。

「すぐに素性を明かさなかったことはお詫《わ》びいたしやす。伝八の耳もあり、元より前林家とのご縁は断ったつもりでしたので」

「そのような言葉遣いはお止《や》め下さいませ。変になりそうです」

静乃が、必死に彼を見返して言った。

確かに、主君と瓜二《うりふた》つの男が髷《まげ》を替え渡世人の言葉を話すのだから混乱するのも無理はない。まして古寺で、人に言えぬような欲望を思いのままにぶつけたのである。

「ならば言う。軽々しく腹など切らず、命ある限り藩士の道を全《まっと》うせよ。余《よ》の言いつけであるぞ！」

「は……」

厳しく言うと、静乃は呆気《あっけ》に取られながらビクリと硬直した。

そして新九郎は寝巻姿で静乃ににじり寄り、その肩を抱いた。絶望と混乱を鎮《しず》めるには、快楽が何よりであろう。

「あ、何をなさいます……」

「荒れ寺の続きだ。どうにも今一度そなたを抱きたい」

言いながら袴《はかま》の前紐《まえひも》を解《ほど》き、手早く脱がせていった。静乃も力が抜けてされるままになり、たちまち彼は袴と着物を脱がせ、襦袢《じゅばん》も剝《は》ぎ取って一糸《いっし》まとわぬ姿にさせて布団に横たえた。

自分も寝巻を脱ぎ去って添い寝し、昼間は味わえなかった乳房《ちぶさ》に顔を埋め込んでいった。

二十代半《なか》ばになっていても、乳首は初々《ういうい》しい薄桃《うすもも》色をしていた。

新九郎はチュッと吸い付き、舌で転がしながら柔らかな膨《ふく》らみに顔中を押し付けて張りと弾力を味わった。

「アア……」

静乃は熱く喘《あえ》ぎ、次第に肉体が反応して、混乱した考え事など心の奥へと引っ込みはじめたようだった。

彼は左右の乳首を交互に含んで舐《な》め回し、腋《わき》の下にも鼻を埋め込んだ。

汗に湿った和毛《にこげ》には、濃厚に甘ったるい体臭が沁《し》み付き、その刺激が鼻腔《びくう》から一物《いちもつ》に伝わっていった。

胸いっぱいに嗅《か》いでから舌を這《は》わせ、引き締まった肌を舐め降りていった。

さすがに肩も二の腕も筋肉が付いて逞《たくま》しく、腹も引き締まっていた。

乳房はそれほど豊かではないが、腰の丸みは女らしく、新九郎は臍《へそ》を舐めて下腹を探り、腰からムッチリした太腿《ふともも》を舌でたどった。

「い、いけません……、どうか……」

静乃は朦朧《もうろう》となって声を震《ふる》わせながらも、すっかり拒《こば》む力も失《う》せているようだった。

逞しい脚を舐め降りると、脛《すね》には体毛があって野趣溢《やしゆあふ》れる魅力が感じられた。

足首まで行って足裏に回り、踵《かかと》から土踏まずを舐め回し、指の股《また》に鼻を割り込ませると、昼間よりさらに濃く蒸《む》れた匂いが籠もっていた。

美女の足の匂いを貪《むさぼ》り、爪先《つまさき》にしゃぶり付いて順々に指の間に舌を挿《さ》し入れていくと、

「あう……、赦《ゆる》して……」

静乃が呻《うめ》き、ガクガクと脚を震わせた。

昼間は自分から無理やり舐めさせたが、男が自分からしゃぶるなど思ってもいなかったのだろう。あるいは新九郎が、当てつけのように同じことをしていると感じたかも知れない。

むろん冷静に考えれば、嫌なことを自分からするわけがないのだ。

彼は足指の股の味と匂いを貪り尽くし、もう片方の足も堪能《たんのう》してから、股を開かせて脚の内側を舐め上げていった。

張りのある滑《なめ》らかな内腿を舐め上げていくと、股間から発する熱気と湿り気が顔中を包み込んできた。

割れ目からはみ出した陰唇はすでに露《つゆ》を宿し、指で広げると桃色の柔肉はヌメヌメと潤《うるお》っていた。

柔らかな茂みに鼻を埋めて嗅ぐと、半日の間にも汗とゆばりの匂いはさらに濃く沁み付いていた。洗う間もなかっただろうから、膣内には、まだ昼間の精汁が残っているかも知れない。

新九郎は濃い匂いを貪り嗅ぎながら舌を挿し入れ、淡《あわ》い酸味のヌメリを掻《か》き回し、襞《ひだ》の入り組む膣口からオサネまでゆっくり舐め上げていった。

「アアッ……、駄目……」

静乃が譫言《うわごと》のように声を洩《も》らし、内腿でムッチリときつく彼の両頬《ほお》を挟み付けてきた。てきた。混乱から逃れようと快楽が増大しているのか、昼間以上に大量の淫水が溢れはじめていた。

さらに両脚を浮かせ、尻の谷間に鼻を埋め込むと顔中に張りのある双丘が心地よく密着し、蕾《つぼみ》に籠もる秘《ひ》めやかな微香が胸に沁み込んできた。

舌を這わせて襞を濡らし、ヌルッと潜《もぐ》り込ませると、

「あう……！」

静乃が呻いて、キュッと肛門で舌先を締め付けてきた。

昼間は嗜虐《しぎゃく》欲に突き動かされて感じ、今は相手の素性を知った畏《おそ》れ多さの中であらためて静乃は快感に悶《もだ》えていた。

やがて前も後ろも舐め尽くすと、彼女は何度か小さく気を遣《や》ったようにヒクヒクと身を震わせ、グッタリと放心してしまった。

ようやく股間から這い出して添い寝すると、新九郎は彼女の手を握って強《こわ》ばりに導いた。

「あ……」

静乃も小さく声を洩らし、恐る恐る肉棒に触れてきた。

張りつめた亀頭をいじり、やんわりと幹《みき》を包み込んでニギニギと動かした。

顔を股間へと押しやると、静乃も素直に移動して行き、大股開きになった真ん中に陣取るように腹這い、顔を寄せてきた。

「先にここを……」

新九郎は自ら両脚を浮かせて抱え、尻を突き出して言った。

静乃も舌を伸ばし、チロチロと肛門を舐め回してくれ、熱い鼻息でふぐりをくすぐってきた。

さらに自分がされたようにヌルッと潜り込ませると、彼は妖《あや》しい快感に胸を高鳴らせ、モグモグと肛門で味わうように舌先を締め付けた。

やがて脚を下ろすと、彼女も舌を引き離し、鼻先にあるふぐりを舐め回してくれた。

二つの睾丸《こうがん》を探るように転がし、彼がせがむように幹をヒクヒクさせると、いよいよ静乃も肉棒の裏側を舐め上げてきた。

先端まで来ると、厭《いと》わず粘液の滲《にじ》む鈴口《すずぐち》を舐め回し、張りつめた亀頭を咥《くわ》え、スッポリと根元まで呑み込んでくれた。

「ああ……」

彼は快感に喘ぎ、股間に熱い息を感じながら美女の口の中で幹を震わせた。

静乃も深々と頬張りながら唇《くちびる》を引き締めて吸い付き、ネットリと舌をからませてきた。

ズンズンと股間を突き上げると、

「ク……」

喉の奥を突かれた静乃が小さく呻き、さらに大量の唾液《だえき》を出して肉棒を生温かくまみれさせた。

そして充分に高まると、新九郎は彼女の手を握って引っ張った。

「さあ、跨《また》いで入れてくれ」

「わ、私が上など……」

言うと静乃もチュパッと口を引き離し、尻込みして答えた。

「良いのだ。昼間と同じように、下からそなたの顔を仰《あお》ぎたい」

なおも引っ張ると、静乃も諦《あきら》めたように、いや淫気に突き動かされるように、素直に前進して彼の股間に跨がってきた。

先端に濡れた割れ目を押し当て、自分から位置を定めてゆっくり腰を沈み込ませると、たちまち一物はヌルヌルッと滑らかに呑み込まれていった。

「アアッ……!」

根元まで受け入れた静乃がビクッと顔を仰《の》け反《ぞ》らせて喘ぎ、彼の股間にぺたりと座り込みながらキュッと締め付けてきた。

新九郎も肉襞の摩擦と温《ぬく》もりに包まれ、快感を味わいながら両手を伸ばして抱き寄せた。

静乃が身を重ねると、彼の胸に柔らかな乳房が密着してきた。

彼は僅《わず》かに両膝《ひざ》を立て、すぐにもズンズンと股間を突き上げはじめた。

「ああ……、す、すごい……」

静乃が息を弾《はず》ませ、無意識に彼の動きに合わせて腰を遣《つか》った。やはり二度目だから、初回以上の快感が押し寄せているようだった。

新九郎は下から彼女の喘ぐ口に鼻を押し付けて嗅ぎ、熱く湿り気ある息で鼻腔を満たした。花粉のような甘い刺激を含む匂いが、昼間より濃厚に彼の胸を掻き回してきた。

それに唇で乾いた唾液の匂いも貪ってから、彼は動きながら唇を重ね、舌をからめた。

「ンンッ……」

静乃も熱く鼻を鳴らして舌を蠢《うごめ》かせ、彼は生温かな唾液をすすり、うっとりと喉を潤した。

さらに突き上げを強め、新九郎が絶頂を迫らせると、

「も、もう堪忍《かんにん》……、溶けてしまいそうです……、アアーッ……!」

静乃が息も絶えだえになって言い、たちまち気を遣って声を上げた。

粗相《そそう》したように大量の淫水が漏《も》れて互いの股間をビショビショにさせ、膣内の収縮も最高潮になった。

「く……!」

巻き込まれるように、続いて新九郎も昇《のぼ》り詰めて呻き、ありったけの熱い精汁をドクンドクンと勢いよく柔肉の奥にほとばしらせてしまった。

「アア……、感じます……、もっと……」

噴出を感じた静乃が喘ぎながら、キュッキュッと飲み込むように締め付けた。

新九郎は快感を嚙《か》み締め、心置きなく最後の一滴まで出し尽くした。

満足しながら突き上げを弱めていくと、

「ああ……」

静乃が声を洩らし、とうとう失神したようにグッタリと体重を預けてきた。

まだ膣内は息づくような収縮が繰り返され、一物も内部でヒクヒクと過敏に反応した。そして新九郎は、静乃の甘い刺激の息を間近に嗅ぎながら、うっとりと余韻《よいん》を味わったのだった。

すると、半分気を失いながらも、長く乗っているのは申し訳ないと思ったように、静乃がそろそろと股間を引き離して横になった。

「もう腹を切る気など消え失せただろう」

「どうか、朝までこうしていて下さいませ。そうしたら、何でも仰《おお》せの通りに致します……」

囁《ささや》くと、静乃も息づく肌を密着させて答えた。

彼は全裸のまま互いに掻巻《かいまき》を掛け、そのまま眠ることにしたのだった。

二

「ああ良かった。新さんどこへ行ってなすったんだ」

朝、新九郎が部屋に戻ると、安心したように伝八が布団に座って言った。

「厠《かわや》へ行ってやしたが、もう漏らしやせんでしたか」

「でえじょうぶだが、本陣宿なんざ肩身が狭《せめ》えったらありゃしねえ……」

「心細い割りには、いつもの大鼾でやしたが」

新九郎は苦笑して言い、やがて二人で顔を洗い、運ばれてきた朝餉《あさげ》を済ませて身繕《みづくろ》いをした。

「間もなく小山でお別れでござんすね。粕壁へ戻ったら親分さんによろしく伝えておくんなさい」

「こっちこそ、ずいぶん世話になっちまいやした。只《ただ》でこんな立派な旅籠《はたご》に泊めてもらって。なんか名残《なごり》惜しいが、是非また粕壁へ戻ってお寄り下せえやし」

「ええ、くれぐれも、あっしの素性は内密に」

「おっと、そうだった。殿様の弟君だったんだ。あっしなんかの面倒を見て下さって、畏れ多ござんす」

急に神妙になって言うので、新九郎は笑みを洩らした。

「よしておくんなさい。さあ、ではそろそろ」

彼は言い、二人で部屋を出ると、玄関で草鞋《わらじ》を履いた。

すでに一行も仕度《したく》を調《ととの》えて外にいて、高明も乗物に入ったようだった。静乃も出てきて、すっかり生まれ変わったようにすっきりした顔つきになっていた。

「では、どうぞ行列と一緒に」

「承知いたしやした」

静乃に言われて答え、新九郎は外へ出ると合羽《かっぱ》を着て三度笠《さんどがさ》を被《かぶ》った。見送りの宿の連中も、なぜ大名行列に渡世人《とせいにん》が二人混じっているのか不思議だったことだろう。

やがて一行が歩みはじめ、新九郎と伝八はしんがりを進んだ。

静乃も、彼の近くにいたいだろうが警護役として、常に前後を行き来して周囲の動静に気を配っていた。

やがて間々田の宿場を出て小山へと向かう途中、どこかで烏《からす》がカアーと鳴き、三味線《しゃみせん》の音がシャランと聞こえた。

(初音か……?)

新九郎が思って振り返ると、確かに鳥追《とりお》い姿の初音が三味を抱えてこちらに歩いてきていた。

先を行く行列を見送り、立ち止まって待つと、すぐに初音も近づいてきた。

「そろそろ賊が出ますよ。間々田の宿で、一行が発《た》ったのを見届けて報《しら》せに行ったようですので」

「なに、山賊か」

囁く初音に答え、新九郎もそれとなく周囲を見回した。

「あれえ、どっかで見た顔と思ったら、粕壁で新さんに手紙を言付《ことづ》けた女か」

伝八が思い出して言ったが、初音も前林藩に関わる者と察したか、すぐに口をつぐんだ。

初音はそれだけ伝えると、また街道を外れて裏道に行ったようだ。

「なあ新さん、賊ってのは大名行列を狙うものなのかね」

「ああ、差《さ》し料《りよう》も着物も立派で、本陣宿に払う金も持ってやすからね」

「なるほど。もし出たら、及ばずながら殿さんを守りますぜ」

「いや、出来れば隙《すき》を見て逃げるのがよござんす。行列とは関わりがないんでやすからね」

新九郎は言い、行列も人家や人通りのない場所に入ったので警戒を強めた。左右は野原と森だけである。

静乃に報せようかと思ったが、その辺りは初音も抜かりがないだろう。

むしろ新九郎に言うより先に伝え、警戒は行列の全てに行き渡っているに違いなかった。

そのとき、左手の崖《がけ》上から、

「ウッ……！」

と呻き声がした。見ると行列に向けて丸太を転がそうと、綱《つな》を切ろうとしていた賊の二人が首に小柄《こづか》を受けて倒れたところだった。

どうやら初音の働きらしい。

「ご一行、お急ぎ下さい！」

静乃もいち早く気づき、綱は切れなかったが念のため丸太の下から行列を急いで前進させた。

すると左手の森から鬨《とき》の声が上がり、わらわらと山賊どもが抜刀して襲いかかってきたのだ。

行列は、こたびは少人数で乗物の前後に十人ずつ。

乗物を安全な場所へ下ろし、陸尺《ろくしやく》ともども数人の家臣が守り、他の者は抜刀して賊に向かった。

賊は十人ほどで、屈強《くつきよう》な者もいるが中には食い詰めの農民なども混じっているようだ。

「この程度の手勢で舐めた真似を！」

静乃が吐き捨てるように言い、初陣《ういじん》に意気込んでスラリと抜刀して向かってい
った。
「確かにお大名を襲うにしては寄せ集めのようだが、あっしの身内なんか混じっ
ていないだろうな……」
伝八が言い、新九郎も成り行きを見守った。
乗物の周囲は堅固《けんご》で、賊と斬り結ぶ家臣も手練《てだ》ればかりだった。
そして静乃も、一度腹を切って死ぬつもりだったからか凄《すさ》まじい働きぶりで、
たちまち三人まで斬り斃《たお》していた。
崖に潜んでいた賊を斃した初音も街道へ下りてきて、三味に仕込んだ刀で賊に
応じた。
「す、すげえ……」
家臣たち、しかも静乃や初音など女の戦いぶりに伝八は目を丸くし、圧倒的に
優勢と見たか長脇差《ながどす》を抜くなり、森へ通じる斜面を駆け下りていった。
それに地元なので、ここらの地形もよく知っているようだった。
「待て、伝八!」
「本陣宿の、一宿一飯《いっしゅくいっぱん》の恩義を返さにゃあ」

止めたが彼は答え、仕方なく新九郎も鯉口《こいぐち》を切って街道から降りていった。

寄せ集めの中にも手練れらしい浪人はいる。それが伝八の前に立ちふさがって大刀を構えた。

いきなり強そうな相手を前に、伝八がたじろいだので、追いついた新九郎が抜刀して前に出た。

「下がっていろ!」

叱咤《しった》して伝八を下がらせると、薄笑いを浮かべた浪人が新九郎と対峙《たいじ》した。

三

「ふふ、大名行列に渡世人が混じっているとは奇妙。だが、そんな鈍刀《なまくら》で用心棒が勤まるかな」

浪人が嘯《うそぶ》き、切っ先を向けてきた。

正式な剣技も知らぬ渡世人と舐めているうちに、新九郎は素早く間合いを詰めて担ぎ籠手《かつこて》。

「なに……!」

怯《ひる》まず向かってきたことに驚いた浪人が、思わず振りかぶった右籠手へと彼は斬りつけていた。手加減している余裕はない。返す刀で、利《き》き腕を斬られた浪人の逆胴《ぎゃくどう》を渾身《こんしん》の力で斬り裂いていた。

「ウ……！」

浪人は呻き、信じられぬ表情で膝から頽《くずお》れていた。

「し、新さん……、何て強《つえ》え……」

立ちすくんでいた伝八が、息を呑んで言った。

「油断するな！」

「ウッ……！」

言うなり、森から飛来してきた矢が伝八の肩を貫いた。

「い、いててて……」

倒れた伝八に駆け寄りながら、新九郎は次の矢を咄嗟《とっさ》に避けた。見ると、森を人影が逃げてゆく。

「も、森の奥に滝が。そこらが隠れ家じゃねえかと……」

「いい、喋《しゃべ》るな。初音！　伝八を頼む！」

新九郎は言い置き、混戦を抜けると血刀《ちがたな》を下げて森を進んでいった。

弓を持ち、遥《はる》か先を行く後ろ姿は長い髪に太腿も露《あら》わな偉丈夫《いじょうふ》。だが甘い匂いがほのかに感じられた。

(女……?)

新九郎は怪訝《けげん》に思いながら進むと、滝の音が聞こえてきた。

森を抜けると、そこは広い河原で掘《ほ》っ立《た》て小屋がある。

その小屋の前に、弓を捨てた大女が剛刀を抜き放って仁王《におう》立ちになった。

「女頭目《おんなとうもく》か。なぜ行列を襲う」

「なぜ? 食うために決まっていよう!」

訊くと、女が凛《りん》とした声を響かせて答えた。

三十歳前後か、身の丈は六尺(一八〇センチ)近くあり、切れ長の目に濃い眉《まゆ》をした、ぞっとするほど凄味《すごみ》のある美女であった。

それが袖《そで》無しの短い衣を着て荒縄の帯を締め、日焼けした長い手足を露わにしていた。

「はぐれ者や食い詰め浪人たちは、苦労知らずの大名を嫌っている。無駄と知りつつ襲ったが、意外に手練れ揃《ぞろ》いだから全滅するだろう。死ぬのは同じこと、また集める」

女が、燃える眼差《まなざ》しで迫りながら言った。

「名は。俺は夕立の新九郎と言う」

「沙羅《さら》！　なぜ渡世人が行列に」

「一宿一飯の恩義、深い縁はない」

「莫迦《ばか》が。餌《えさ》をもらって命を捨てるか」

沙羅が吐き捨てるように言い、跳躍して斬りかかってきた。その動きに、あるいは初音のような素破《すっぱ》上がりではないかと思った。

攻撃を避け、振り下ろした籠手に斬りつけたが、彼女も素早く躱《かわ》し、さらに連続して突きかかってきた。

新九郎も必死に防いでは攻撃を仕掛けたが、どうやら腕前は全く五分と五分のようだ。

「お前、武士か」

沙羅が気づき、息を切らして切っ先を下げた。

「渡世人姿とは酔狂《すいきょう》な。だが綺麗《きれい》な顔をしている。どうだ、死ぬ前に肌を交《か》わさぬか。不意討ちはせぬ。済んだら、また心置きなく殺し合おう」

沙羅が笑みを含んで言い、河原に剛刀を突き立て、丸腰で小屋に入った。

新九郎も、死闘の最中だが沙羅の美貌に淫気を湧《わ》かせ、同じように得物を突き立てて小屋に入っていった。

中は広く、板敷きに囲炉裏《いろり》もあった。手下の中には大工仕事が得意な者もいるのだろう。

そして筵《むしろ》ではなく、頭目には煎餅《せんべい》布団も備えられていた。

手下には手練れの浪人者もいたが、それらより沙羅が一番の実力者らしい。

と、彼女が帯を解《と》いて衣を脱ぎ去り、一糸まとわぬ姿になった。

「さあ、何も持っておらぬ。済むまでは余計なことを考えず、ともに気持ち良くなろう。もっとも勃《た》てばの話だが」

沙羅が言い、新九郎も手早く全て脱ぎ去った。どうやら互いに、こんな最中にも淫気の湧くたちのようだった。

「勃っている。不思議な男、いや、可愛《かわ》ゆい」

沙羅は頼もしげに言い、煎餅布団に横たわり、彼も添い寝していった。この分なら、本当に不意討ちなどせず、快楽に専念したいようだった。

すると沙羅が身を起こし、いきなり彼の股間に顔を寄せてきた。

「綺麗な色……」

指で包皮を剝《む》き、完全に露出して張りつめた亀頭を見つめて呟《つぶや》くと、すぐにも先端にヌラヌラと舌を這わせてきた。そしてスッポリと根元まで一気に呑み込むと、上気した頰をすぼめて吸い付いた。

股間を見ると、しゃぶり付きながら沙羅が上目遣いに彼の顔を見上げていた。

その凄味のある妖《あや》しく美しい表情に、新九郎自身は唾液にまみれた幹をヒクヒクと震わせた。

沙羅は股間に熱い息を籠もらせて舌をからめ、顔を上下させスポスポと強烈な摩擦を繰り返した。

やがてスポンと口を離すと、前進して跨ごうとするので、

「待て、入れる前に俺も舐める」

新九郎は言って身を起こし、入れ替わりに彼女を仰向《あおむ》けにさせた。

「舐める？　すぐ入れたいだろうに。まして武士が女の股を舐めるなど正気か」

沙羅は完全に新九郎を武士と確信して言いながらも、様子を探るように身を投げ出してくれた。

新九郎はまず彼女の大きな足裏に顔を押し付け、長く太く揃った足指の間にも鼻を割り込ませて嗅いだ。

そこはさすがに蒸《む》れた匂いが濃厚に沁み付き、野山の草や土の香りも混じって鼻腔を刺激してきた。

爪先にしゃぶり付いて指の股を舐めると、

「あう！　莫迦……」

沙羅が驚いたように呻き、ビクリと長い脚を震わせた。

新九郎は構わず、両足とも濃い味と匂いを貪り、ようやく脚の内側を舐め上げていった。

脛は、静乃より濃い体毛があって野生の魅力が感じられた。

太腿も静乃以上に筋肉が発達し、まるで荒縄でもよじり合わせたように逞しかった。

それでも内腿は色白でムッチリと張りがあり、舌でたどって股間に迫ると、濃厚な熱気と湿り気が感じられた。

見ると黒々と艶《つや》のある恥毛《ちもう》が濃く密集し、割れ目からはみ出す陰唇はすでにヌメヌメと潤っていた。指でグイッと左右に広げると、襞の入り組む膣口が妖しく息づき、尿口もはっきり見え、オサネは何と親指の先ほどもあり桃色の光沢を放っていた。

「ほ、本当に舐めるのか……、アア！」

堪《たま》らずに顔を埋め込むと、沙羅が熱く喘ぎ、キュッときつく内腿で彼の両頬を挟み付けてきた。

茂みに籠もる汗とゆばりの匂いが何とも濃く鼻腔を刺激し、舌を挿し入れるとやや酸味の濃いヌメリが迎えた。舌でクチュクチュと襞を掻き回し、大きなオサネまで舐め上げてチュッと吸い付くと、

「ああ……、いい気持ち……、無理に舐めさせることはあっても、自分から舐めてくれる男など初めて……」

沙羅がうっとりと喘いで言い、ヒクヒクと白い下腹を波打たせた。

新九郎は、まるで乳首を吸うようにオサネを唇に含んで挟み、強く吸い上げながらチロチロと舌を這わせた。

「あう……、もっと強く……、嚙んでも良い……」

沙羅が、ビクッと顔を仰け反らせて口走った。痛いぐらいの刺激の方が好きなようで、彼も前歯でコリコリと刺激しながら舌の蠢きと吸引を続けてやった。

淫水の量が増し、彼女も急激に絶頂を迫らせたようだ。

さらに新九郎は彼女の両脚を浮かせ、尻の谷間に迫った。

桃色の蕾は僅かに枇杷《びわ》の先のように突き出て艶《なま》めかしく、鼻を埋めると生々しい匂いが悩ましく沁み付いていた。

充分に嗅いでから舌を這わせて襞を濡らし、ヌルッと潜り込ませると、

「アア……、嘘……」

沙羅が声を上ずらせ、肛門でキュッときつく舌先を締め付けてきた。

四

新九郎が、充分に前も後ろも舐め尽くすと、沙羅が我慢できなくなったようにせがんできた。

「も、もういい……、お願い、入れて……」

彼も股間から顔を上げ、そのまま前進した。

急角度に屹立《きつりつ》した肉棒に指を添えて下向きにさせ、先端を充分すぎるほど濡れている割れ目に擦りつけ、位置を定めてゆっくり挿入していった。

一物は内壁を擦りながら、ヌルヌルッと滑らかに根元まで嵌《は》まり込み、彼は股間を密着させ、脚を伸ばして身を重ねていった。

「アアッ……、い、いい……！」

沙羅が顔を仰け反らせて喘ぎ、キュッときつく締め付けてきた。

そして両手を回して彼を抱き留め、待ちきれないようにズンズンと股間を突き上げはじめた。

新九郎も心地よい肉襞の摩擦と熱いほどの温もり、きつい締め付けを味わいながら高まっていった。

屈《かが》み込んで、色づいた乳首を含んで吸い付いた。乳房は案外に豊かで、顔を押し付けると心地よい弾力が感じられた。

オサネのように、乳首もコリコリと歯で刺激し、もう片方も充分に愛撫《あいぶ》してから、さらに彼女の腕を差し上げて腋の下にも鼻を押し付けて嗅いだ。

柔らかな腋毛には甘ったるい汗の匂いが濃厚に籠もり、吸い込んで鼻腔を満たすたび、膣内の一物がヒクヒクと反応した。

やがて突き上げに合わせて新九郎も腰を突き動かすと、

「ああ……、もっと……」

沙羅が朦朧となって喘ぎ、強い力でがっちりと抱き締めてきた。

喘ぐ口に鼻を押し付けて嗅ぐと、火のように熱い息が鼻腔を満たした。

沙羅の吐息は、まるで野生の果実を何種類も混ぜて醸《かも》した酒のように甘酸っぱく、濃厚な匂いが彼をうっとりと酔わせた。

そのまま唇を重ね、生温かな唾液に濡れた長い舌を舐め回すと、彼女もネットリとからみつけてきた。

「ンン……！」

沙羅は熱く鼻を鳴らして収縮を活発にさせ、やがてガクガクと狂おしい痙攣《けいれん》を開始した。

「い、いく……、アアーッ……！」

口を離すと、彼女は声を上ずらせて喘ぎ、本格的に気を遣って激しく悶えた。

その収縮に巻き込まれ、続いて新九郎も大きな絶頂の快感に貫かれ、勢いよく内部に精汁をほとばしらせてしまった。

「あ、熱い、もっと……！」

噴出を感じた沙羅が言い、さらにキュッと締め付けを強めてきた。

新九郎は股間をぶつけるように突き動かし、クチュクチュと淫《みだ》らな摩擦音を立てながら心ゆくまで快感を味わった。

ようやく出し切って動きを止めると、沙羅も満足げに強ばりを解いていった。

「ああ……、良かった……」

彼女が身を投げ出して吐息混じりに言うと、新九郎も頑丈な彼女に遠慮なく体重を預けて力を抜いた。

まだ膣内は名残惜しげな収縮を繰り返し、射精直後で過敏になった一物がピクンと内部で跳ね上がった。

「あう……、まだ動いている……」

沙羅も敏感に反応し、キュッときつく締め付けてきた。

新九郎は身を預け、湿り気ある熱い息を嗅ぎながら快感の余韻を嚙み締めた。

これほど濃厚で艶《なま》めかしい匂いは、武家女からは味わえないかも知れない。

「お前、新九郎と言ったか、いつも自分から舐めるのか。陰戸《ほと》ばかりか、足や尻まで……」

沙羅が、彼の体重など感じないように、呼吸を整えながら言った。

「ああ、味と匂いが濃いほど淫気が高まる」

「可笑《おか》しな男……、だが好きになった。出来れば殺し合いは止めたいが、見逃してくれるか」

「徒党を組んで人を襲うのを止めるなら見逃す」

「ならば、ここで暮らさぬか。渡世人より良かろう」

「渡り鳥が性に合っているので」

新九郎は答え、そろそろと股間を引き離して身を起こした。そして懐紙を出して一物を拭《ぬぐ》い、濡れた陰戸も優しく拭《ふ》き清めてやった。

「ああ……、何と優しい……」

沙羅は、身を投げ出したまま言った。

彼は処理を終えて起き上がり、身繕いをした。元の渡世人姿に戻ると合羽を羽織り、三度笠を被った。

「思いもかけず良い思いをいたしやした。では、御免なすって」

会釈《えしゃく》して小屋を出ると、彼は河原に突き立てた長脇差を引き抜き、懐紙で刃を拭ってから鞘《さや》に納めた。

振り返ると、全裸のままの沙羅が小屋の前から彼を見ていた。滝を前にした全裸の大女は、何やら森から出て来た美しいもののけのようだった。

追うつもりはないようで、新九郎は彼女に背を向けて足早に森に入り、街道筋を目指していった。

すると森を抜ける辺りで、

「新吾様ぁ……！」

静乃の声が聞こえた。

そちらへ進んで行くと、彼女も気づいて駆け寄ってきた。

「ああ、良かった。ご無事で……」

静乃は安堵《あんど》し、ぽろぽろと涙をこぼして縋《すが》り付いてきた。すでに刀も納め、山賊退治は終わったようだった。

「すんません、追ううちに森で迷いやして」

新九郎は、震えている彼女を抱きながら囁いた。

「初めて何人もの人を斬りました。今になって恐ろしくて……」

静乃が心細げに声を震わせ、あまりに可憐《かれん》なので彼も思わず唇を重ねてしまった。さっき山賊の頭目女の何から何まで舐めた口と知ったら、静乃は一体どんな顔をすることだろう。

柔らかな唇を味わい、舌を挿し入れると彼女もチロリとからみつけてきた。

しかし嗚咽《おえつ》していて息苦しいのか、すぐに自分から口を引き離した。

新九郎は、彼女の濡れた鼻の穴を舐めた。ヌメリも味わいも、それは静乃の淫水にそっくりだった。

「あん……」

彼女が羞《は》じらいに声を洩らすと、湿り気ある甘い花粉臭の息が新九郎の鼻腔を刺激してきた。

またムクムクと勃起してきてしまったが、ここでするわけにいかない。

静乃を促して森を抜けると、藩士たちが山賊の遺骸《いがい》を並べていた。

「怪我《けが》人は？」

「何人か、かすり傷を負っただけでした」

訊《き》くと静乃が答え、二人で街道へと上がった。藩士の誰かが間々田の番屋へ走り、あとの処理を任せるようだ。

「新吾！　無事か！」

乗物から高明が下りてきて言った。

「は！　頭目は取り逃がしましたが、もう一人では何も出来ないでしょう」

「分かった。無事で何より」

言って高明は乗物に戻り、一行は行列を再開させた。

新九郎も、またしんがりを務めて歩きはじめると、そこへ初音が急ぎ足で追いついてきた。

「おお、伝八はどうだ」

「右肩を射貫《いぬ》かれていましたが、毒矢ではないようで助かります。間々田の本陣宿に泊めてもらっていますので」

「そうか、良かった」

新九郎は答え、やがて一行は小山を越えて芋柄新田《いもがらしんでん》で昼餉《ひるげ》。

少し休憩して、さらに北上。山賊騒ぎで少々遅れたが、次の本陣宿では仕度を調えて待っているので、予定通りに着かなければならない。

やがて小金井《こがねい》、石橋《いしばし》を過ぎて暗くなる頃に雀宮《すずめのみや》の本陣宿に着いた。

新九郎は風呂も、高明のあとに入れてもらった。もう伝八も一緒ではないので遠慮なく使わせてもらい、そして高明とともに話しながら夕餉を終えてから部屋に入った。

すでに床が敷き延べられ、あとは寝るだけである。

すると、そこへまだ男装のままの静乃が入ってきた。

やはり警護の職もあるし、今は夕餉を終えた藩士たちが順々に入浴しているだろうから、彼女は最後になることだろう。

まだ静乃は、人を斬った興奮から抜け切れていないようだった。

「大丈夫ですか。山賊が来たときはたいそう意気込んでいたのに」

「ええ、そのときは夢中でしたが、今はただ恐ろしくて……」

「戦った家臣の誰もが、人を斬るのは初めてだったでしょう」

慰《なぐさ》めるように言い、新九郎は急激に淫気を催《もよお》した。

家臣たちもまだ興奮冷めやらず、少しの間は警護役の静乃がいなくても、自分たちで周囲に気を配っていることだろう。

やがて新九郎は寝巻を脱ぎ去り、勃起した一物を露《あら》わにした。

五

「さあ、どうか全部脱いで」

促すと、静乃も脇差を置いて袴を脱ぎ、着物と襦袢を脱ぎ去って全裸になっていった。

布団に横たえた彼女の足に屈み込み、指の間に鼻を割り込ませたが、宿に着いたとき洗ってしまったので匂いは薄かった。

それでも一通り指の股をしゃぶり、脚の内側を舐め上げて股間に顔を進めた。

「アア……」

白くムッチリした内腿を舐め上げて陰戸に迫ると、静乃がか細く喘いでクネクネと悶えた。切腹の覚悟をしたときも、人を斬ったあとの動揺も、全て快楽で解決することだろう。

新九郎は、すでに濡れはじめている割れ目に口を押し当て、柔らかな茂みに鼻を擦りつけて嗅いだ。甘ったるい汗の匂いが濃厚に籠もり、それに混じってゆばりの匂いも悩ましく鼻腔を掻き回してきた。

舌を挿し入れて膣口を探り、淡い酸味のヌメリを掬《すく》い取りながらオサネまで舐め上げていくと、

「あう……！」

静乃が呻き、内腿できつく彼の両頬を挟み付けた。

彼は腰を抱え込んでオサネを吸い、新たに溢れる淫水をすすった。

さらに両脚を浮かせて尻の谷間にも鼻を埋め、秘めやかな微香を貪ってから舌を這わせ、ヌルッと潜り込ませて粘膜を味わった。

「く……、そこは堪忍……」

静乃が肛門でキュッと舌先を締め付けながら、嫌々をして言った。

新九郎は充分に舌を蠢かせ、再び陰戸に戻ってオサネを吸い、茂みに籠もった匂いを貪り尽くした。

「ど、どうか、もう……」

気を遣りそうになり、静乃が腰をよじって降参するように声を絞《しぼ》り出した。

新九郎も股間から離れて添い寝し、腕枕してもらうように腋の下に鼻を埋め込んだ。

和毛に籠もった甘ったるい汗の匂いで鼻腔を満たし、張りのある乳房に手を這わせ乳首をいじった。

「アア……」

新たな刺激に彼女が喘ぎ、さらに濃厚な匂いを揺らめかせた。

新九郎は充分に嗅いでから顔を移動させ、左右の乳首を交互に含んで舌で転がした。

そして味わい尽くすと仰向けになり、今度は静乃の顔を胸に抱き寄せ、その唇に乳首を押し付けていった。彼女も素直に吸い付き、熱い息で肌をくすぐりながら舌を這わせてくれた。

「嚙んで……」

囁くと、静乃も綺麗な歯並びでキュッと乳首を噛んできた。

「あう、もっと強く……」

さらにせがむと、静乃も遠慮がちに歯を立て、もう片方の乳首も舌と歯で充分に愛撫してくれた。

そして顔を下方へ押しやると、静乃も肌を舐め降り、やがて大股開きになった真ん中に腹這いになって顔を寄せてきた。

先に新九郎が両脚を浮かせて抱えると、静乃も厭わず尻の谷間に舌を這わせてくれ、ヌルッと肛門に潜り込ませた。

「く……、気持ちいい……」

彼は快感に呻き、侵入した美女の舌先を味わうようにモグモグと締め付けた。

そして脚を下ろすと静乃も舌を移動させ、ふぐりを舐め回してから肉棒の裏側を舐め上げてきた。

滑らかな舌が裏筋をたどって先端まで来ると、粘液の滲んだ鈴口をチロチロと探り、さらに丸く開いた口でスッポリと根元まで呑み込んでくれた。

「アア……」

新九郎は快感に喘ぎ、生温かく濡れた美女の口の中で幹を震わせた。

静乃も上気した頰をすぼめて強く吸い付き、熱い鼻息で恥毛をくすぐり、口の中ではクチュクチュと舌をからめてきた。

やがて充分に高まると、彼は静乃の手を握って引っ張り上げた。

彼女も口を離して前進し、上になるのをためらいつつも、導かれるまま一物に跨がった。

唾液に濡れた先端に陰戸を押し付けると、息を詰めて腰を沈め、張りつめた亀頭をゆっくりと膣口に受け入れていった。

たちまち一物はヌルヌルッと肉襞の摩擦を受けながら滑らかに根元まで呑み込まれてゆき、互いの股間同士がピッタリと密着した。

「ああッ……」

静乃が熱く喘ぎ、キュッときつく締め付けてきた。

新九郎もそのまま彼女を抱き留め、僅かに両膝を立てて尻の感触を味わい、温もりに包まれて快感を嚙み締めた。

小刻みに股間を突き上げながら唇を求めると、

「ンンッ……」

静乃も熱く鼻を鳴らし、ネットリと舌をからませてきた。

新九郎は生温かな唾液に濡れた舌を舐め回し、静乃の湿り気ある息を嗅いだ。花粉臭の刺激が濃く鼻腔を掻き回し、静乃の匂いを吸い込むたび一物が膣内で歓喜に震えた。

「もっと唾《つば》を……」

囁くと、静乃も懸命に唾液を分泌させ、口をすぼめて突き出してきた。そして白っぽく小泡の多い粘液をトロリと吐き出してくれ、彼は舌に受けて味わい、うっとりと喉《のど》を潤した。

「顔にも吐きかけて。思い切り」

「そ、それだけはご勘弁下さいませ……」

彼に初めて会ったとき、そんな行為をためらいなくしたことが思い出されたか静乃の膣内の収縮が活発になってきた。

「してほしい、どうか」

新九郎が懇願《こんがん》すると、静乃も動揺しながら何とか意を決し、形良い唇を寄せ、軽くペッと吐きかけてくれた。かぐわしい息と、微かな飛沫《ひまつ》が感じられただけで物足りなかった。

「もっと本気で強く」

「ああ、お許し下さい……」

言われて、静乃は強くペッと吐きかけた。今度は吐息とともに唾液の固まりが鼻筋を濡らし、頰の丸みを伝い流れた。

「ああ、心地よい……」

新九郎はズンズンと激しく股間を突き上げながら、美女の唾液と吐息に酔いしれて高まった。

そして我慢せず、そのまま絶頂を迎えると、大きな快感とともにありったけの精汁を勢いよくドクドクと内部にほとばしらせた。

「あ……、感じる……、アアーッ……！」

すると噴出を受けた途端《とたん》、彼の快感が伝わったように静乃も声を上ずらせ、ガクガクと狂おしい絶頂の痙攣を開始したのだった。

収縮も高まり、彼は心地よい摩擦の中で心置きなく最後の一滴まで出し尽くしていった。

やがて満足しながら突き上げを弱め、徐々に力を抜いていくと、

「アア……」

静乃も声を洩らし、硬直を解いてグッタリともたれかかってきた。

新九郎は彼女の重みと温もりの中、まだ息づく膣内でヒクヒクと過敏に幹を震わせた。

彼女も、もうすっかり挿入の快楽に目覚め、するたびに大きな絶頂を得るようになっているようだ。

新九郎は静乃の喘ぐ口に鼻を押し込み、かぐわしい息を嗅ぎながら余韻を味わった。同じ女丈夫でも、やはり沙羅に比べるとずっと匂いも控えめだが、どちらも彼の胸に心地よく沁み込んできた。

いつまでも乗っていられず、まだ呼吸も整わないうちに静乃がそろそろと身を起こし、股間を引き離した。そして懐紙で丁寧に一物を拭き清め、自分の陰戸も手早く処理をした。

「では、警護に戻ります」

彼女は身繕いをして言い、気持ちを切り替えるように大きく深呼吸した。

新九郎は、このまま掻巻を掛けて寝ることにした。

「おやすみなさいませ……」

やがて静乃が恭《うやうや》しく辞儀《じぎ》をして言い、静かに部屋を出て行くと、新九郎も手足を伸ばして目を閉じた。

（今日も、様々なことがあったな……）

彼は思い、山賊騒動はあったが伝八も命に別状はなく、むしろ快楽の多い日であった。

（それにしても、こんな女に恵まれた渡世人がいるだろうか……）

新九郎は苦笑する思いで今日を振り返り、さすがに疲れたか、いつしか深い睡《ねむ》りに落ちていったのだった……。

第三章　母娘《おやこ》のいけない淫謀《いんぼう》

一

「さあ、いよいよ明日は日光参拝だ。新吾も一緒に行かれると良いのだが」

本陣宿で夕餉《ゆうげ》のとき、高明が新九郎に言った。

「いえ、ご遠慮申し上げます」

「そうか、残念だが、戻るまでどこへも行くなよ」

高明も、納得して答えた。

何しろ東照宮《とうしようぐう》の中は、大名でさえ勝手に歩き回れるものではなく、立ち入れない場所も多いから、案内人に従わなければならない。

まして大名と一緒に渡世人《とせいにん》が混じるわけにもいかないし、今さら武士の姿になるのも面倒である。

だから新九郎は、宿で大人《おとな》しくしているつもりだった。

今朝、雀宮を発《た》った一行は、もう山賊などに襲われることもなく、宇都宮を抜けて徳治郎《とくじろう》で昼餉。さらに大沢《おおさわ》、今市《いまいち》を越えて、ここ鉢石《はついし》の宿場にある本陣宿に泊まっていた。

鉢石は日光東照宮の目と鼻の先にあり、社参に赴《おもむ》いた大名や大店《おおだな》の一行などは必ずこの宿場に逗留《とうりゅう》するため、多くの旅籠《はたご》が軒《のき》を連《つら》ねていた。

高明の顔色は良く、旅が進むごとに、ことのほか元気になって新九郎や家臣たちを安堵《あんど》させていた。

本陣宿の女将《おかみ》は志摩《しま》といい、三十半《なか》ば過ぎの美形。そして一人娘である十七歳の小紅《こべに》も笑窪《えくぼ》の愛らしい可憐《かれん》な顔立ちで、母娘《おやこ》で給仕をしていた。

やがて夕餉と風呂を終えると、新九郎は離れの部屋に戻った。

もう床《とこ》が敷き延べられ、今夜は寝るだけだった。

明日は一行の全員が朝から参詣《さんけい》するので、一人この界隈《かいわい》を歩いてみようと思っていた。

と、そろそろ寝ようかと思っていた新九郎の部屋に、女将の志摩が入ってきたのである。

「夜分に申し訳ございません。少々お話が」

「なんでござんしょう」

新九郎は答え、彼女から淫《みだ》らな気を感じて期待に股間を熱くさせた。

「実は、うちの小紅をお殿様の側室にして頂きたいのですが」

志摩は、単刀直入に用件から切り出した。

「でも、一人娘でやしょう」

「お店の方は、うちの人の先妻の子が継ぐことになってます。それよりは、お大名とのご縁が持てれば、あの子も幸せになれると思います」

なるほど、長く本陣宿を営《いとな》み、多くの武家を見てきたから、そうした発想が湧《わ》くのかも知れない。それに大名の子を宿《やど》せば、小紅は元より、縁を持って箔《はく》をつけた志摩やこの宿も潤《うるお》うことだろう。

「お嬢様のお気持ちは」

「はい、幼い頃からお武家様に接してきたので、お姫様になるのが夢と申しております」

「ならば、あっしではなく藩のどなたかに言うのが筋でやしょう」

「いいえ、お殿様とあなた様の様子で、ご相談するには一番ではないかと思いました。何しろ、お顔がそっくりなので」

志摩が言う。

確かに、別々に見れば髷《まげ》も違うし、大名と渡世人が血縁だなどと誰も思わないだろうが、並んで座って話しているのを見れば双子は一目瞭然《いちもくりようぜん》である。

「なぜ旅人さんをしているのか事情は存じませんが、新吾様にお願いするのが良いと思い」

志摩は、彼を新吾と呼んだ。夕餉の席で高明がずっとそう呼んでいたのだから無理もない。

「しかし殿は病《や》み上がりで……」

新九郎は言いかけたが、高明は最近とみに淫気が増し、今までの分を取り戻したいとすら言っていたのを思い出した。

「いや、承知いたしやした。明日の晩にでも、参詣から戻った殿に言ってみやしょう」

「本当ですか。有難《ありがと》うございます」

志摩は顔を輝かせて言い、彼ににじり寄ってきた。

「お礼に、もしよろしければお伽《とぎ》を……」

安堵とともに淫気を湧かせたように、熱っぽく囁《ささや》いた。

あるいは双子だから、新九郎の精力を確認したい含みもあるのかも知れない。

むろん新九郎に否《いな》やはない。

「お店の方は、もう大丈夫でござんすかい？」

「ええ、全て番頭たちに任せてありますので」

「じゃ、お脱ぎ下さいやせ」

新九郎は言い、自分も帯を解《と》いて寝巻と下帯を脱ぎ去り、先に全裸になってしまった。

「まあ、なんて逞《たくま》しい……」

すでに勃起している一物《いちもつ》に目を遣り、志摩は嘆息《たんそく》して言いながら手早く帯を解きはじめた。

衣擦《きぬず》れの音とともに脱いでゆき、みるみる白く滑《なめ》らかな熟《う》れ肌が露《あら》わになっていった。乳房《ちぶさ》は実に豊かに息づき、尻もムッチリと大きな丸みを見せて、今まで内に籠《こ》もっていた熱気が、甘ったるい匂いを含んで部屋に生ぬるく立ち籠めはじめた。

やがて一糸《いっし》まとわぬ姿になった志摩が、羞《は》じらいを含んだ優雅な仕草で布団に横たわり、仰向《あおむ》けに身を投げ出した。

新九郎は迫り、屈《かが》み込んで豊かな乳房に顔を埋め込んでいった。

乳首に吸い付いて舌で転がし、もう片方の乳首に手を這《は》わせながら、顔中を柔らかな膨《ふく》らみに押し付けて感触を味わった。

「アア……」

志摩がすぐにも熱く喘《あえ》ぎ、うねうねと熟れ肌を悶《もだ》えさせはじめた。

どうやら、相当に淫気も溜まっているようだ。亭主とも今ではすっかりご無沙汰《ぶさた》だろうし、そうそう本陣宿に泊まる武家に迫るわけにもいかない。

その点新九郎は、大名の縁者とはいえ渡世人姿なので、志摩も接しやすかったのだろう。

左右の乳首を順々に含んで舐《な》め回し、充分に膨らみを味わってから、彼は志摩の腋《わき》の下にも鼻を埋め込んでいった。

「あう……」

意外だったようで、志摩がビクリと震《ふる》えて呻《うめ》いた。まだ入浴前だが、彼がすぐにも挿入してくると思ったのかも知れない。

色っぽい腋毛は生ぬるく湿り、甘ったるい汗の匂いが何とも濃厚に沁《し》み付いていた。

やはり前日から一行を迎える仕度《したく》をして働き回り、まして十万石の武家を相手に緊張していたのだろう。そのうえ新九郎に他聞《たぶん》を憚《はばか》る願いを申し出たのだから実に匂いが濃く、彼の鼻腔を悩ましく刺激してきた。

新九郎は胸いっぱいに嗅《か》いで興奮を高め、滑らかな肌を舐め降りていった。弾力ある腹部に顔を埋め、形良い臍《へそ》を舐めてから、白く張り詰めた下腹、豊満な腰からムッチリした太腿《ふともも》を舌でたどっていった。

「ああ……、どうかお入れを……」

志摩が戸惑いながら言い、それでも拒《こば》むわけにもいかず、ヒクヒクと熟れ肌を震わせて身を投げ出していた。

足首まで舐め降りると足裏へ回り、彼は舌を這わせながら縮こまった指の股《また》に鼻を割り込ませて嗅いだ。

やはりそこは汗と脂にジットリ湿り、ムレムレの匂いが濃く沁み付いていた。

充分に嗅いでから爪先をしゃぶり、順々に舌を挿《さ》し入れて味わうと、

「あう！　何をなさいます……」

志摩が驚いて呻いたが、新九郎は貪《むさぼ》り尽くし、もう片方の足指も味と匂いを心ゆくまで堪能《たんのう》した。

そして、ようやく脚の内側を舐め上げ、白く滑らかな内腿をたどりながら股間に迫っていった。

「アア……、まさか……、お止《や》め下さいませ。洗ってもおらず汚《きたの》うございますから……」

志摩が、彼の熱い視線と息を中心部に感じて声を震わせた。

ふっくらした丘にはほど良い範囲で恥毛《ちもう》が茂《しげ》り、肉づきが良く丸みを帯びた割れ目からは、濡れた陰唇がはみ出していた。

指で左右に広げると、かつて小紅が生まれ出てきた膣口が、白っぽい粘液をまつわりつかせて息づき、桃色のオサネも光沢を放って包皮の下からツンと突き立っていた。

堪《たま》らずにギュッと顔を埋め込むと、

「あう……、いけません……」

志摩が声を洩《も》らし、キュッと量感ある内腿で彼の顔を挟み付けてきた。

柔らかな茂みには汗とゆばりの匂いが濃厚に籠もり、彼は何度も胸を満たして嗅ぎながら、舌を挿し入れていった。

膣口の襞《ひだ》を掻《か》き回すと、淡《あわ》い酸味のヌメリが舌の動きを滑らかにさせた。

そして柔肉をたどってオサネまで舐め上げていくと、

「アアーッ……、ご勘弁を……」

志摩がビクッと顔を仰《の》け反《ぞ》らせて喘ぎ、内腿に力を込めながらヒクヒクと下腹を波打たせた。

彼はもがく腰を押さえつけ、充分にオサネを吸ってヌメリを味わってから、さらに両脚を浮かせ、豊かな尻の谷間に迫った。

薄桃《うすもも》色の蕾《つぼみ》に鼻を埋め込み、顔中でひんやりした双丘を味わいながら微香を嗅ぎ、舌を這わせてからヌルッと潜《もぐ》り込ませていった。

二

「く……、駄目です、そんなこと……」

志摩が呻き、キュッと肛門で新九郎の舌先を締め付けてきた。

彼は舌を蠢《うごめ》かせ、うっすらと甘苦いような微妙な味わいのある粘膜《ねんまく》を探り、ようやく脚を下ろして再び陰戸《ほと》に舌を這わせた。

「も、もう堪忍《かんにん》……」

志摩は何度か気を遣《や》ったようにヒクヒクと痙攣《けいれん》し、味わい尽くした新九郎もやっと股間から這い出して添い寝していった。

「どうか、少しだけ……」

囁いて彼女の顔を押しやると、志摩も素直に移動していった。

そして息を弾《はず》ませながら、張りつめた亀頭にしゃぶり付き、チロチロと鈴口《すずぐち》を舐め回して吸い付いてきた。

「ああ……」

今度は新九郎が喘ぐ番だ。彼自身は舌の蠢きに翻弄《ほんろう》され、美女の生温かな唾液《だえき》にまみれて震えた。

「ンン……」

志摩も熱く鼻を鳴らし、してもらった分をお返しするように、息を股間に籠らせながら夢中で舌をからめ、強く吸い上げてくれた。

やがて充分に高まると、新九郎は彼女の口を離させ、手を握って引っ張った。

「さあ、跨《また》いで上から入れておくんなさい」

「わ、私が上など滅相《めっそう》も……」

「下が好きなもので」

言うと彼女も意を決して前進し、恐る恐る彼の股間に跨がってきた。

唾液にまみれた先端に陰戸を押し当てると、

「アア……」

まだ入れていないのに、触れただけで志摩は息を震わせて喘いだ。

そして膣口に位置を定めると腰を沈め、この武士だか渡世人だか分からない男の一物を、ゆっくり受け入れていった。

たちまち一物は、ヌルヌルッと滑らかな肉襞の摩擦を受けながら、滑らかに根元まで呑み込まれた。

「あう……、すごい……」

深々と嵌《は》め込み、股間を密着させながら志摩が呻いた。

そして若い肉棒を味わうようにキュッキュッと締め付け、グリグリと股間を擦《こす》りつけてきた。

新九郎も温もりと感触を嚙み締め、両手を伸ばして抱き寄せた。

志摩もそろそろと身を重ね、彼の胸に豊かな乳房をキュッと押し付け、吸い付くような餅《もち》肌を密着させてきた。

彼は両手を回して両膝《ひざ》を立て、ズンズンと股間を突き上げはじめた。

「アアッ……、いい……」

志摩は熱く喘ぎ、合わせて腰を遣ってきた。大量に溢《あふ》れる淫水が律動《りつどう》を滑らかにさせ、彼のふぐりから肛門の方にまで伝い流れ、動きとともにピチャクチャと卑猥《ひわい》な摩擦音が響いた。

下から彼女の喘ぐ口に鼻を押し付けて嗅ぐと、唇《くちびる》で乾いた唾液の香りに混じり白粉《おしろい》のような甘い刺激を含んだ吐息が悩ましく鼻腔を湿らせてきた。

美女の口の匂いで胸を満たしてから唇を重ね、舌を挿し入れると彼女も触れ合わせ、チロチロとからみつけた。

「ンンッ……」

感じてくると志摩が呻き、やがて唾液の糸を引いて口を離した。

「い、いきそうです……」

彼女が声を上ずらせ、新九郎はまたその口に鼻を押し付けた。

「舐めて……」

言うと彼女も興奮と快感の高まりに任せ、ヌラヌラと彼の鼻の穴を舐め回してくれた。新九郎は唾液と吐息の匂いに絶頂を迫らせながら、激しく股間を突き上げ続けた。

「い、いっちゃう……、ああーッ……！」

とうとう志摩が声を上げ、膣内の収縮を高めながらガクガクと狂おしい痙攣を開始して、激しく気を遣ってしまった。

その収縮に巻き込まれ、続いて新九郎も昇《のぼ》り詰めた。

「く……！」

突き上がる絶頂の快感に呻き、熱い大量の精汁をドクンドクンと勢いよく柔肉の奥にほとばしらせた。

「あう、熱い……」

噴出を感じ、志摩は駄目押しの快感に呻いてキュッときつく締め上げてきた。

彼も心ゆくまで快感を味わい、最後の一滴まで出し尽くして、徐々に突き上げを弱めていった。

「ああ……」

志摩も声を洩らし、熟れ肌の強《こわ》ばりを解くと、精根尽き果てたように力を抜いて、グッタリと彼に体重を預けてきた。

新九郎は美女の重みと温《ぬく》もりを受け止め、収縮する膣内でヒクヒクと過敏に幹を震わせた。

そして鼻を濡らした唾液の残り香と、湿り気ある甘い刺激の吐息を間近に嗅ぎながら、うっとりと快感の余韻《よいん》に浸《ひた》り込んでいった。

「感じすぎて、溶けてしまいそう……」

志摩も余韻の中で呟き、荒い呼吸を繰り返した。

それでも激情が過ぎ去ると、やはり乗っているのに気が引けたか、そろそろと股間を引き離し、懐紙で処理する気力も湧かないようにゴロリと横になって肌をくっつけてきた。

「驚きました。色んなところを舐めて下さるので……」

彼女はまだ朦朧《もうろう》とし、とろんとした眼差《まなざ》しで囁いた。

「男は普通、どこもかしこも舐めたがるもんでござんしょう」

「そんなことないですよ。うちの人も、すぐ入れてくるだけだったので、最初の頃は痛かったから、する前に自分でいじって濡らしていたものです……」

志摩は言い、ようやく呼吸を整えると身を起こして懐紙を手にし、手早く陰戸を拭《ぬぐ》ってから、淫水と精汁にまみれた一物を優しく包み込み、丁寧に拭《ふ》き清めてくれた。

そして自分は急いで身繕《みづくろ》いをし、彼に掻巻《かいまき》を掛けてくれた。

「じゃ、明晩お殿様に、先ほどのことよろしくお伝え下さいませ」

志摩は深々と辞儀《じぎ》をして言い、やがて静かに部屋を出て行ったのだった。

新九郎も、心地よい気怠《けだる》さの中で美女の残り香を感じ、そのまま睡《ねむ》りに落ちていった……。

三

「じゃ、ちょっと散歩してめえりやす」

翌日、新九郎は午前中のんびりして、昼餉を済ませて休憩してから、奥に声をかけ、着流しで本陣宿を出た。

一行は、新九郎を残した全員が朝餉のあとに宿を出て、日光東照宮へと社参に出向いていった。帰りは夕刻になることだろう。そしてもう一泊し、明朝には帰途につくことになる。

江戸から来た高明たちだが、帰りは上野《こうずけ》の国許へと戻るため、今市から別街道へ回り、鹿沼《かぬま》、佐野《さの》を通過して上州太田《おおた》に向かう。新九郎は今市で一行と別れ、粕壁にも寄るため、来た道をそのまま帰るつもりだった。

（静かだな……）

新九郎は、鉢石の宿場を見回した。

着いたときはどこの宿も賑《にぎ》わっていたが、やはり昼間となると客たちは、みな目的であった日光へ行くので、宿場はほとんど空になるのだろう。

「お待ちを。おっかさんがご案内しろって」

と、小紅が彼を追ってきて声をかけた。

笑窪の愛らしい十七歳。ぷっくりした唇で顔は幼《おさな》げだが、胸も尻も母親に似て艶《なま》めかしい丸みを帯びはじめていた。

「この上に、野天《のてん》があるんです」

小紅は言い、神社脇の石段を上がっていった。案内しようと先に昇る彼女の裾《すそ》が揺れ、生ぬるく甘い風が彼の鼻腔《びくう》を撫《な》で、健康的に躍動する白い脹《ふく》ら脛《はぎ》が目に眩《まぶ》しかった。

上まで行くと宿場全体が見渡せ、あちこちから温泉の煙《けむり》が立ち上っていた。

「あれが男体山《なんたいさん》、東照宮はあっちの方です」

小紅が指して説明してくれ、やがて野天風呂のある脱衣所の縁台に、二人並んで腰掛けた。

「おっかさんから聞きましたでしょう？」

小紅が愛らしい声で言い、彼の横顔を覗《のぞ》き込んできた。

「伺《うかが》いやした。本当に殿の側室になりたいんでござんすか」

「ええ、お城に住んでみたいし、お江戸にも行ってみたいです。でも私なんか、無理でしょうか」

「いえ、無理じゃありやせんが、行儀作法などの躾《しつけ》は厳しゅうござんすよ」

「ええ、それは覚悟してます。お殿様に気に入られれば良いんですけど」

「あとは、殿がどう思うかだけでござんすね」

新九郎が言うと、小紅が笑った。

「ふふ、おんなじお顔をしているのに、なんか可笑《おか》しいです。もし新吾様がお殿様だったら、私のことどう思いますか」

「あっしのことは新さんとお呼びくださいやし。小紅ちゃんは可愛《かわい》いから、誰でも気に入ると思いやすよ」

「本当？」

彼が言うと、小紅は嬉《うれ》しげに答えた。甘ったるい汗の匂いに混じり、ほんのり甘酸っぱい息の匂いも悩ましく彼の鼻をくすぐってきた。

「じゃ、新さんが、先にして下さい。最初がお城の中では、私緊張して気を失うかも知れないから……」

小紅が、モジモジと言った。どうやら正真正銘の生娘《きむすめ》で、情交への好奇心も旺盛《おうせい》なようだった。しかし大名は緊張するから、同じ顔をした新九郎の方が親しみやすいのだろう。

それに双子なら、新九郎に気に入られれば高明からも気に入られると思ったのかも知れない。

もちろん新九郎も、この可憐な生娘に股間を熱くさせてしまった。

「こっちへ来て下さい。参詣《さんけい》を終える夕方まで誰も来ませんから」

小紅が立ち上がって言い、彼を脱衣場の中へと誘った。

湯の香が立ち籠めているが、その中でも緊張と好奇心による小紅の甘ったるい匂いが感じられた。

板張りの床には筵《むしろ》が敷かれているので、新九郎は帯を解き、脱いだ着物をそのうえに敷いた。

すると小紅もためらいなく帯を解き、着物と襦袢《じゅばん》を脱いで、その上に重ねて敷き、腰巻《こしまき》まで取り去ってしまった。

全裸になった新九郎は、その上に仰向けになり、襦袢に染み付いた湿り気と甘い匂いに包まれた。

「ここへ座っておくんなさい」

彼は、自分の下腹を指して言った。

「え……、おなかに座るんですか……」

「殿様にも色んなことをさせる人がいやすからね、それに慣れておきやせんと」

「いいのかしら……」

小紅は尻込みしながらも言い、そういうものかも知れないと思ったか恐る恐る跨がり、ゆっくり座り込んできた。

無垢《むく》な陰戸が彼の下腹に密着し、ほのかな温もりと湿り気が伝わってきた。

「じゃ、両足を伸ばして、あっしの顔に」

新九郎は言い、立てた両膝に彼女を寄りかからせて、両足首を摑《つか》んで顔に引き寄せた。

「あん……」

小紅は全体重を預けて声を洩らし、彼の上でクネクネと腰をよじらせた。そのたびに湿った割れ目が擦りつけられ、新九郎は重みと温もりを味わった。

「どうか、じっとしていておくんなさい」

新九郎は言い、顔に乗せられた両足の裏を味わい、踵《かかと》から土踏まずに舌を這わせながら、指の間に鼻を押し付けて嗅いだ。

やはり汗と脂に湿り、蒸《む》れた匂いが濃厚に沁み付いて鼻腔を刺激してきた。

美少女の足の匂いを充分に嗅いでから爪先にしゃぶり付き、順々に指の股を舐め、両足とも貪り尽くしてしまった。

「アアッ……、駄目です……」

小紅は喘ぎ、くすぐったそうに身悶えた。殿様がこんなことをするはずもないが、すぐにも彼女は朦朧となり、密着した割れ目の潤いがさらにはっきり伝わってきた。

新九郎自身も急角度に勃起してヒクヒク震え、彼女の腰を軽く叩いた。

「じゃ、前へ来て顔の上に」

言いながら手を引くと、小紅は両足を彼の顔の左右に置き、引っ張られるまま前進してきた。

「ああ……、いいのかしら……」

彼女は声を震わせながらも、とうとう彼の顔にしゃがみ込んだ。

両足がムッチリと張り詰め、ぷっくりと丸みを帯びた割れ目が鼻先に迫った。

丘に煙《けぶ》る若草は楚々《そそ》として淡く、それでも割れ目からはみ出した花びらはネットリとした蜜汁に潤っていた。

やはり母親に似て、濡れやすく量も多いのかも知れない。

指を当てて無垢な陰唇を左右に広げると、中は綺麗な桃色の柔肉。生娘の膣口が花弁《かべん》状に襞を入り組ませて息づき、小粒ながら光沢あるオサネも包皮の下からツンと顔を覗かせていた。

「アア……、恥ずかしいわ……」

小紅が息を震わせ、今にもギュッと座り込みそうになって、懸命に彼の顔の左右で両足を踏ん張っていた。

新九郎は、そのまま腰を引き寄せ、無垢な割れ目にギュッと顔を押し付けた。

柔らかな若草に鼻を擦りつけて嗅ぐと、汗とゆばりの匂いが可愛らしく籠もり悩ましく鼻腔を刺激してきた。

舌を挿し入れると、中は汗かゆばりか判然としない微妙な味わいがあり、彼は無垢な膣口の襞をクチュクチュと掻き回すように探り、味わいながらオサネまで舐め上げていった。

「ああッ……、駄目です、汚いのに……」

小紅が驚いたように声を上げた。驚いたのは、大きな快感と舐められたことの両方であろう。

新九郎は腰を抱えて押さえ、チロチロと執拗《しつよう》にオサネを舐めた。すると生温かく清らかな蜜汁がヌラヌラと溢れ、淡い酸味を伝えてきた。

さらに大きな白桃のような尻の真下に潜り込み、谷間でひっそり閉じられている薄桃色の可憐な蕾に鼻を埋めて嗅ぐと、やはり秘《ひ》めやかな微香が沁み付いていた。彼は顔中に美少女の双丘を受け止め、匂いを貪ってから舌を這わせ、ヌルッと潜り込ませた。

「あう……！」

小紅が呻き、キュッと肛門で舌先を締め付けてきた。

新九郎は顔中に尻の丸みを感じながら、内部で舌を蠢かせて滑らかな粘膜を味わった。

そして再び陰戸に戻り、新たな淫水を舐め取り、オサネに吸い付いていった。

「も、もう堪忍……」

感じすぎた小紅は、声を震わせて懸命に股間を引き離してしまった。

新九郎も追わず、そのまま彼女の顔を一物へと押しやった。

すると小紅も、息を弾ませながら好奇の視線を注いできた。

大股開きになって真ん中に彼女を腹這わせると、無垢で熱い視線と息が股間に感じられ、彼はゾクゾクと胸を震わせて興奮を高めた。

「こんなに、大きなものが入るの……？」

小紅は、屹立《きつりつ》した肉棒を見つめて呟いた。

おそらく手習いの仲間たちと、情交に関する話もしていて、挿入して子種を放つような仕組みは知っているのだろう。

そして小紅は好奇心に駆られて指を這わせ、張りつめた亀頭から幹《みき》を撫で、お手玉でも弄《もてあそ》ぶようにふぐりもいじり、袋をつまみ上げて肛門の方まで覗き込んできた。

一通り観察すると、再び肉棒に戻って手のひらに包み込み、ニギニギと動かしてくれた。新九郎は、生娘の無邪気な愛撫《あいぶ》が心地よく、肉棒は最大限に勃起していった。

「ね、新さん、入れてみてもいいかしら」

「舐めて、濡らしてから入れておくんなさい……」

言うと、小紅も素直に屈み込み、舌を伸ばして粘液の滲《にじ》む鈴口をチロチロと舐め回してくれた。そして亀頭を咥《くわ》え、小さな口を精一杯丸く開いて、スッポリと呑み込んでいった。

熱い鼻息が恥毛をくすぐり、彼女は幹を締め付け、笑窪の浮かぶ頬《ほお》をすぼめて吸い付いた。口の中でもチロチロと舌がからまり、たちまち肉棒は清らかな唾液にまみれて震えた。

「ああ……、気持ちいい……」

新九郎も、大きな快感にすっかり高まって喘いだ。

やがて口が疲れて息苦しくなったか、小紅はチュパッと口を引き離した。

彼は、そのまま小紅の手を握って引っ張った。

「さあ、跨いで自分でお入れなさい」

「私が上なんて……」

「自分でした方が加減が分かりやすいし、痛ければ止められますんで」

新九郎が言って一物を跨がせると、小紅も意を決して、上から先端に陰戸を押し当ててきた。何しろ顔にまで跨がって舐めてもらったのだから、すでに抵抗も薄れていることだろう。

彼女がグイッと腰を沈めてくると、濡れた膣口が丸く押し広がって亀頭が潜り込み、あとは潤いと重みに身を任せ、ヌルヌルッと根元まで滑らかに受け入れてしまった。

新九郎も、熱いほどの温もりときつい締め付けに高まったが、暴発を堪《こら》え、少しでも長く味わいたいと思った。

四

「アアッ……、あ、熱いわ……！」

完全に座り込み、股間を密着させながら小紅が眉をひそめて喘いだ。身を仰け反らせたまま、短い杭《くい》に貫《つらぬ》かれたように硬直している。

新九郎は温もりと感触を味わい、両手を伸ばして彼女を抱き寄せた。

小紅もそろそろと身を重ね、彼は顔を上げて潜り込ませ、初々《ういうい》しい淡い色合いの乳首にチュッと吸い付いて舌で転がした。

しかし小紅は、やはり破瓜《はか》の痛みの方に全神経を奪われているようで、乳首への反応はなかった。

新九郎はコリコリと硬くなった乳首を舐め回し、もう片方も含んで、顔中で張りのある膨らみを味わった。

さらに腋の下にも鼻を埋め込むと、生ぬるく湿った和毛《にこげ》の隅々《すみずみ》には何とも甘ったるい汗の匂いが可愛らしく籠もっていた。

彼は充分に嗅ぎながら、さらに腋から肌を舐め上げ、首筋をたどると下から唇を重ねていった。

「く……」

小紅が小さく呻き、彼は舌を挿し入れて滑らかな歯並びをたどり、引き締まった桃色の歯茎《はぐき》まで舐め回した。すると彼女も歯を開いて彼の舌を受け入れ、遊んでくれるようにチロチロと蠢いた。

新九郎も、生温かく清らかな唾液に濡れた美少女の舌を舐め回し、かぐわしい息を嗅いだ。興奮に任せ、様子を探りながらズンズンと小刻みに股間を突き上げはじめると、

「ああッ……！」

小紅が口を離して熱く喘いだ。口から洩れる息は湿り気があり、果実のように甘酸っぱい芳香が含まれていた。

新九郎は、いったん動きはじめるとあまりの心地よさに腰の突き上げが止まらなくなり、美少女の吐き出す果実臭の息に酔いしれながら高まった。

どうせ初物相手に長引かせる必要もないだろうから、彼も一気に絶頂を目指すことにした。

「い、いく……」

新九郎は小紅の口に鼻を押し付け、唾液と吐息の匂いで鼻腔を刺激されながらあっという間に肉襞の摩擦の中で昇り詰めてしまった。

熱い大量の精汁がドクンドクンと脈打つようにほとばしり、内部に満ちたヌメリで、さらに動きが滑らかになった。

「アア……」

彼女も声を洩らし、無意識に嵐が過ぎ去ったことを悟ったようだった。

出し切った新九郎は、満足しながら突き上げを弱め、身を投げ出していった。

すると小紅も強ばりを解いてグッタリともたれかかり、彼の耳元で荒い呼吸を繰り返した。

息づく膣内に刺激され、ヒクヒクと幹を締め付けられ、彼は甘酸っぱい息を嗅ぎながら余韻を味わった。

「ああ……、とうとうしちゃったわ……」

小紅が、息を弾ませて小さく言った。

「痛かったでやしょう」

「ええ、少し……、でも、思っていたほどでもないし、大人になれたことが嬉しいです……」

小紅が答え、やがてそろそろと股間を引き離してゴロリと横になった。

新九郎も、呼吸を整えて身を起こし、小紅の陰戸を覗き込んでみた。小振りの陰唇が痛々しくめくれ、膣口から逆流する精汁に、ほんの少しだけ血の糸が走っていた。

出血は実に少量で、すでに止まっているようだ。

「じゃ、このまま湯に浸《つ》かりやしょう」

彼は言って小紅を抱き起こし、互いに全裸のまま脱衣所を出て野天風呂へと行った。湯加減を見てから手桶《ておけ》に汲んだ湯で、彼女の股間を洗い流してやり、自分も洗った。

そして一緒に快適な湯に浸かり、手足を伸ばしたのだった。

「どうか、あっしとのことは誰にも内密に」

「ええ、もちろんです」

言うと、小紅も素直に答えた。何しろ今夜にも、高明の伽に呼ばれるかも知れず、彼も小紅を生娘と思うことだろう。

やがて湯から上がると、新九郎は簀《す》の子《こ》に座り、目の前に小紅を立たせて片方の脚を傍《かたわ》らの岩に乗せさせた。

「どうするんです……」

「ゆばりを放って下さいやし」

訊《き》かれて、新九郎は開かれた股間に顔を埋めて答えた。

「そ、そんなこと……」

「どうにも、可愛い小紅ちゃんの出すものを味わいたいんで」

言って舌を這わせると、小紅はビクリと内腿を震わせた。

湯に濡れた若草からは、大部分の匂いは消えてしまったが、少し舐めただけで新たな蜜汁が湧き出してきた。

「アア……」

小紅も、まだ初体験の余韻に朦朧となり、オサネを吸われるうちに尿意が高まってきたようだ。

「あう……、出そう……、いいんですか、本当に……」

彼女がか細く切れ切れに言い、新九郎も応じる代わりに割れ目内部に激しく舌を這い回らせた。

すると内部に柔肉が迫り出すように盛り上がり、温もりと味わいが変化してきた。同時に、ポタポタと温かな雫《しずく》が滴《したた》り、間もなくチョロチョロと一条の流れになってほとばしった。

「ああッ……！」

小紅が喘ぎ、慌《あわ》てて止めようとしたようだが、いったん放たれた流れは止めようもなく勢いを増していった。

新九郎は口に受け、淡い匂いと味を堪能して喉《のど》に流し込み、甘美な悦《よろこ》びで胸を満たした。溢れた分が温かく胸から腹を伝い流れ、すっかりピンピンに回復した一物を心地よく浸してきた。

しかし勢いも頂点を越えると、急激に衰《おとろ》えてきて、間もなく流れは治まってしまった。新九郎は残り香の中、なおも舌を這わせると、溢れる淫水が混じって舌触りが滑らかになり、ゆばりの味わいより淡い酸味のヌメリの方が多くなっていった。

「ああ……、私、大変なことを……」

足を下ろした小紅が言い、力尽きたようにクタクタと座り込んでしまった。

それを抱き留め、新九郎は簀の子に添い寝して一物を握らせた。もう一回射精しなければ治まらないが、立て続けの挿入はきついだろうし、今夜は高明に抱かれるかも知れないのだ。

「どうか指で」

彼は囁き、小紅に唇を重ねて舌をからめた。彼女も舌を蠢かせながら、ニギニギとぎこちなく愛撫しはじめてくれた。

「唾《つば》をもっと……」

言うと、小紅も懸命に分泌《ぶんぴつ》させてトロトロと口移しに注ぎ込んでくれた。ゆばりまで飲ませたのだから、もう何の抵抗もないようだ。

新九郎は、美少女の唾液と吐息に酔いしれながら、ジワジワと絶頂を迫らせていった。

「ど、どうかお口で……」

仰向けになって言うと、小紅も厭《いと》わず顔を移動させ、先端を舐め回してからモグモグと根元まで呑み込んでくれた。新九郎が小刻みに股間を突き上げると、

「ンン……」

彼女も熱く鼻を鳴らし、顔を上下させてスポスポと強烈な摩擦を繰り返してくれた。

「い、いく……！」

たちまち彼は昇り詰め、大きな快感とともに口走るなり、ドクドクと勢いよく射精して美少女の喉の奥を直撃してしまった。

「ク……」

噴出を受け止めた小紅は小さく呻き、それでも吸引と舌の蠢きは続行してくれた。彼も心ゆくまで快感を噛み締め、最後の一滴まで出し尽くしていった。

すっかり満足してグッタリと力を抜くと、ようやく彼女も吸引を止め、亀頭を含んだまま口に溜まった精汁をコクンと飲み込んでくれたのだ。

「あう……」

嚥下《えんか》とともにキュッと口腔が締まり、彼は駄目押しの快感に呻き、ピクンと幹を震わせた。

ようやく小紅もチュパッと口を引き離し、なおも幹を握って動かしながら、鈴口に脹《ふく》らむ白濁の雫まで丁寧に舐め取ってくれた。

「あうう……、も、もう結構で……」

彼は過敏にヒクヒクと一物を震わせ、降参するように腰をよじって言った。

そして舌を引っ込めた小紅を添い寝させ、可愛らしい息を嗅ぎながら余韻に浸ったのだった。彼女の息に精汁の生臭さは残らず、さっきと同じ甘酸っぱい果実臭が含まれていた……。

五

「いやあ、参拝できて良かった。これで長年の願いも叶ったというものだ」

夕餉の折、高明が上機嫌で新九郎に言った。夕刻には社参を終え、一行は本陣宿に戻って入浴を終えたのである。

「では、あとは国許で側室を持たれ、また子作りにお励み下さいませ」

「ああ、そのつもりである」

新九郎が周囲に聞こえぬよう囁くと、高明も我が意を得たりとばかりに大きく頷《うなず》いた。

「そのことですが、実はお話が」

「なにか」

新九郎が言うので、高明も声を潜めて聞き返した。周囲の家臣たちも、酒が入って東照宮の話に盛り上がっていた。

「この宿の娘、十七になる小紅ですが、側室に如何《いかが》でしょう。母娘とも、それを望んでいるようなので」

「なるほど、美しい娘とは思っていたが。左様か、そのような頼み事をされていたのか」

「お好みであれば、明日国許へお連れになったら如何かと」

新九郎は言った。今までは高明も病弱だったため、前林城には一人の側室もいない状況が続いているのである。

「うん、まずは今宵《こよい》会ってみるとするか」

高明も、社参を終えて相当ほっとしているのか、そうした気持ちの余裕も出たようである。

「それがようございましょう」

「ならば、早めに部屋へ引き上げよう。それにしても、お前も世事《せじ》に長《た》けているものだな。どうだ、このままお前も城へ来て余を助けてくれぬか」

高明が言うが、新九郎は辞退した。

「どうか、ご容赦を」

「左様か。気ままな旅を続けたいか。羨《うらや》ましくもあるが」

「申し訳ありません」

新九郎が言うと、高明も強くは求めなかった。

やがて早めの開きとなり、高明は部屋に引っ込み、新九郎も女将の志摩に首尾を伝えた。

「有難うございます。お気に召して下さると良いのですが」

志摩は深々と頭を下げて言った。

すでに予想して、小紅は身を清めて薄化粧を施《ほどこ》し、すっかり準備を整えているようなので、間もなく高明の部屋へ行くだろう。

新九郎も部屋に戻ると、間もなく静乃が入ってきた。

「明日は、お別れなのでしょうか」

名残《なごり》惜しいらしく、気の強そうな眼差しが今にも泣きそうである。

「ええ、次の今市の宿場にてお別れでござんすね」

「上州へは一緒にいらっしゃらないのですか」

「怪我をした伝八も心配なので、来た道を戻ることに致しやす」

「そうですか……、ならば今宵お別れに、構いませぬか……」

悲しみと淫気をない交《ま》ぜにしたような顔つきで静乃が言い、もちろん新九郎も彼女が入ってきたときから期待に股間が熱くなっていた。

「ええ、では」

彼が頷いて脱ぎはじめると、静乃も脇差《わきざし》を置いて、手早く袴《はかま》と着物、襦袢を脱ぎ去っていった。

ともに一糸まとわぬ姿になると、彼は静乃を横たえ、乳首に吸い付きながら、もう片方の乳房に手を這わせた。

「アア……」

静乃もすぐに喘ぎはじめ、甘ったるい汗の匂いを濃く揺らめかせながら、クネクネと身悶えた。

左右の乳首を含んで舐め回し、張りのある膨らみを顔中で感じてから、新九郎は静乃の腋の下に鼻を埋め込んでいった。

「あう……」

彼女が羞じらいに呻き、さらに濃厚な匂いを漂《ただよ》わせた。

新九郎は、湿った腋毛に鼻を擦りつけて美女の汗の匂いで胸を満たし、引き締まった肌を舐め降りていった。

そして腹から腰、脚を舐め降りて指の股の蒸れた匂いを貪り、股間に顔を迫らせていくと、

「ど、どうか、私にも……」

静乃が貪欲にせがんできたので、彼も陰戸に顔を埋めながら身を反転させ、勃起した先端を彼女の鼻先に突き付けていった。

すぐにも静乃がパクッと亀頭を含み、スッポリと喉の奥まで呑み込んでいき、二人は互いの内腿を枕にした二《ふた》つ巴《どもえ》の体位になった。

新九郎も、亀頭をしゃぶられながら静乃の茂みに鼻を擦りつけ、汗とゆばりの匂いで胸を満たしてから、濡れはじめている割れ目に舌を這わせた。

「く……」

オサネにチュッと吸い付くと、彼女も呻いて反射的に強く亀頭に吸い付き、熱い鼻息でふぐりをくすぐってきた。

互いの最も感じる部分を吸い合い、新九郎自身は美女の口の中で最大限に勃起し、静乃もネットリと大量の淫水を漏《も》らしてきた。

さらに彼は伸び上がり、尻の谷間にも鼻を埋めて生々しい匂いを貪り、蕾に舌を這わせてヌルッと潜り込ませた。

「あう……」

静乃が呻き、キュッと肛門で舌先を締め付けてきた。

新九郎は充分に味わってから再び陰戸に戻り、滑らかな内腿に舌を這わせ、そっと歯を立ててみた。

「アア……、どうか、もっと血が出るほど強く……」

静乃が声を上ずらせてせがんだ。どうやら歯形が付くほど嚙《か》んでもらい、痛みを思い出にしたいらしい。

新九郎も肉を頰張り、キュッと強く歯を食い込ませてやった。

「あうう……、い、いきそう……、どうか、お入れ下さいませ……」

急激に絶頂を迫らせた静乃が、切羽《せっぱ》詰まった声で言って悶えた。

ようやく彼が身を起こすと、仰向けの静乃が股を開いて受け入れ体勢を取ってくれた。

新九郎も股間を進め、先端を濡れた割れ目に擦りつけ、やがてゆっくりと挿入していった。

「あぁッ……、いい……！」

ヌルヌルッと根元まで滑らかに押し込むと、静乃がビクッと顔を仰け反らせて喘いだ。

彼は股間を密着させ、温もりと感触を味わいながら身を重ねていった。

静乃も両手を回し、待ちきれないようにズンズンと股間を突き上げながら熱い息を弾ませた。

新九郎は、花粉臭の刺激を含んだ息を嗅ぎ、上からピッタリと唇を重ねて舌を挿し入れた。

「ンン……！」

静乃も受け入れて熱く鼻を鳴らし、チュッと強く吸い付いてきた。

彼もチロチロと舌をからめ、生温かな唾液をすすりながら徐々に腰を突き動かしはじめた。

大量の淫水が律動を滑らかにさせ、揺れてぶつかるふぐりも生温かく濡れ、ピチャクチャと淫らに湿った摩擦音が響いた。

たちまち膣内の収縮が活発になり、静乃は彼の背に爪《つめ》まで立てて激しく反り返った。

「い、いく……、アアーッ……！」

彼女は声を上げて気を遣り、ガクガクと腰を跳《は》ね上げて狂おしい痙攣を繰り返した。その収縮に巻き込まれ、続いて新九郎も大きな絶頂の快感に全身を貫かれてしまった。

「く……！」

呻きながら、ありったけの熱い精汁をドクドクと注入すると、

「あう、もっと……！」

噴出を感じた静乃が駄目押しの快感を得て呻き、さらにキュッキュッときつく締め付けてきた。

新九郎は股間をぶつけるように激しく動き、心置きなく最後の一滴まで出し尽くしていった。そして徐々に動きを弱めながら静乃に体重を預け、グッタリと力を抜いた。

「ああ……、いい気持ち……」

静乃も声を洩らしながら肌の硬直を解き、彼の下で身を投げ出していった。

まだ膣内は名残惜しげな収縮を繰り返し、刺激された一物がヒクヒクと過敏に内部で跳ね上がった。

新九郎は彼女の喘ぐ口に鼻を押し込み、湿り気ある甘い息を胸いっぱいに嗅ぎながら余韻を味わった。

「離れたくない……」

静乃が言い、とうとうぽろぽろと涙をこぼした。彼は濡れた頬を舐めてやり、鼻水に湿った鼻の穴も舐め回した。そのヌメリは、彼女の淫水そっくりな味と舌触りであった……。

第四章　二人に挟まれて絶頂

一

「あ、どうしなすった……」

新九郎は、夜半に小紅が訪ねて来たので驚いて半身を起こした。

静乃が引き上げて四半刻（約三十分ほど）経《た》ち、彼もウトウトしていたところである。

まさか高明との情交で不興《ふきょう》でも買ったのかと心配したが、小紅の顔は実に晴れやかであった。

「殿様は、気持ち良さそうにおやすみになりました。明日一緒に連れて行って下さる約束をしたので、新さんが名残《なごり》惜しくて」

「それなら安心しやした」

新九郎は、可憐《かれん》な小紅を見て急激に淫気を催《もよお》した。

別れが名残惜しいのは彼の方である。すると、すぐにも小紅が寝巻姿のまま添い寝してきた。

「不思議な気持ち、同じお顔の方に抱かれるなんて……」

小紅が、彼の胸に顔を埋めて呟《つぶや》いた。

「で、首尾《しゅび》は上手くいったのですかい？」

「ええ、新さんと同じぐらいお優しかったです。でも、あれこれはして頂けず、入れただけでしたが」

なるほど、高明はすぐにも挿入して果てただけのようだ。それだけでも、病《や》み上がりの殿様なら上出来である。

新九郎は横になったまま下帯を解《と》き、急激に回復した一物《いちもつ》を小紅に握ってもらった。

「こんなに硬くはなかったけれど、ちゃんと入りました」

小紅も、ニギニギと弄《もてあそ》びながら囁《ささや》いた。

「でも、お願いです。今夜はもう入れないで下さいましね。中には殿様の種が入っているので、混じるといけないから」

彼女は、すでに側室になって孕《はら》んだかのように言った。

「ええ、じゃどうか指で……」

新九郎も、彼女の手のひらの中で最大限に勃起しながら答え、小紅に唇《くちびる》を重ねていった。柔らかな唇が密着し、甘酸っぱい息が弾《はず》んだ。

舌を挿《さ》し入れて滑《なめ》らかな歯並びを舐《な》めると、彼女もすぐに開いて舌をからませてきた。

「ンン……」

小紅は熱く鼻を鳴らし、その間も指で愛撫《あいぶ》を続けてくれた。

やがて新九郎は、美少女の唾液《だえき》と吐息を充分に味わうと唇を離し、いったん彼女の指も離させて寝巻の胸元を開いた。

「お乳は吸ってもらいやしたか？」

「ええ、少しだけ……、でもそれだけです……」

訊《き》くと、小紅は頰《ほお》を上気させて小さく答えた。やはり挿入だけでは物足りず、新たに淫気を湧《わ》かせているようだ。

新九郎も、兄がしゃぶった乳首だが左右とも含んで舐め回し、腋《わき》の下にも鼻を埋めた。さすがに隅々《すみずみ》まで身を清めて望んだらしく、体臭はほとんど感じられなかった。

そして彼女の股間に移動し、裾《すそ》を広げて若草に鼻を埋めると、うっすらと甘い汗の匂いが感じられた。

膣内には高明の精汁が残っているだろうから舐めず、彼女をうつ伏せにさせて裾をめくり、白く丸い尻を突き出させ、可憐な蕾《つぼみ》に迫った。

しかし、ここも鼻を埋めてもほとんど無臭で、彼はチロチロと蕾の襞《ひだ》を舐めて濡らし、ヌルッと潜《もぐ》り込ませた。

「あう……」

小紅が可憐に呻《うめ》き、肛門で舌先を締め付けてきた。

四つん這《ば》いで尻を突き出す姿勢が恥ずかしく、次第に新たな淫水も滲《にじ》んできたのだろう。

「ど、どうかもう、私が致しますから……」

小紅が言って尻をくねらせ、再び横になってきた。どうやら高明と交《まじ》わってからは、ことのほか陰戸《ほと》を大切にしているように感じられる。

この分なら城でも上手くやってゆけるだろうと思い、彼も再び横になった。

そして彼女に腕枕してもらい、また一物を指で弄んでもらいながら唾液を垂らしてもらって喉《のど》を潤《うるお》し、果実臭の息を嗅《か》いで高まった。

「い、いきそう……」

「お口に出しますか？」

「構わないのでやしたら……」

言って身を投げ出すと、小紅も移動して彼の股間に腹這い、張りつめた亀頭にしゃぶり付いてくれた。

熱い息で恥毛《ちもう》をそよがせ、モグモグと喉の奥まで呑み込むと、幹《みき》を締め付けて吸い付き、口の中ではクチュクチュと舌をからめてくれた。

新九郎が絶頂を迫らせて小刻みに股間を突き上げると、

「ンン……」

小紅も熱く鼻を鳴らして顔を上下させ、スポスポと強烈な摩擦を繰り返してくれた。

「い、いく……！」

たちまち彼は絶頂に達し、大きな快感とともに口走ると、ありったけの熱い精汁をドクンドクンと勢いよくほとばしらせてしまった。

「ク……」

喉の奥を直撃されて呻き、小紅はなおも噴出を受け止めてくれた。

そして吸引と舌の蠢《うごめ》きを続け、彼も心ゆくまで快感を嚙《か》み締め、最後の一滴まで出し尽くしていった。

満足してグッタリと身を投げ出すと、小紅も亀頭を咥《くわ》えたまま吸引と舌の動きを止め、口に溜まったものをゴクリと飲み干してくれた。

締まる口腔の刺激で、彼はピクンと幹を震《ふる》わせた。

ようやく小紅もチュパッと口を離し、幹をしごいて余りを絞《しぼ》り出し、精汁の滲んだ鈴口《すずぐち》を丁寧に舐め回してくれた。

「あうう、も、もう……」

過敏に反応しながら、降参するように腰をよじって言うと、彼女も舌を引っ込めて添い寝してきた。

新九郎は彼女の口に鼻を押し付け、精汁の匂いも混じらぬ、可愛《かわい》らしく甘酸っぱい吐息を嗅ぎながら余韻《よいん》を味わった。

小紅も、上と下に双子の精汁を受けたのだ。

同じ顔の男に仕《つか》えるのだから、新九郎と別れる寂しさも半分ぐらいだろう。

とにかく彼は、高明に初めての側室が出来たことを、自分のことのように嬉《うれ》しく思ったのだった。

「じゃ、自分のお部屋でゆっくりおやすみなせえ」

「はい、ではまた明日」

囁くと小紅も答え、やがて寝巻を整えて部屋を出て行った。そして新九郎も、今度こそぐっすりと眠り、日光最後の夜を過ごしたのであった……。

——翌朝、明け六つ（午前六時頃）に起きた新九郎は、顔を洗って朝餉《あさげ》を済ませた。

すでに一行は出立の仕度《したく》を調《ととの》えていた。新九郎は一緒に出ず、見送ってからゆっくり発《た》つつもりだった。

「新吾、これは東照宮で求めた張り子だ。もし江戸へ行くことがあれば、新之丞に渡してくれぬか」

高明が言い、張り子の狗《いぬ》を手渡してきた。

「承知いたしやした。必ず」

「ああ、お前も息災《そくさい》でな。道中気をつけろよ」

「兄上もお達者《たっしゃ》で」

新九郎は深々と辞儀《じぎ》をし、やがて発つ一行を外まで見送りに出た。

この次、兄に会うのはいつのことになるだろうか。

小紅も、一番良い着物を着て、新九郎に頭を下げてから、宿場で頼んだ駕籠《かご》に乗り込んだ。

静乃も、相変わらずの男装だが、僅《わず》かの間にすっかり女らしい表情になり、寂しげに新九郎に頭を下げた。

そして一行は出立していった。まずは今市へと行き、それから上州へと向かうのだ。

行列が見えなくなると、見送っていた新九郎は志摩と一緒に中へ戻った。

「あっしも、仕度をしたら発ちますので」

「どうか、その前にあと一回だけ。すぐお部屋へ行きますので」

言うと、志摩が熱っぽい眼差《まなざ》しで囁いた。

十万石の大名一行を送り出し、ほっとしたと同時に急激な淫気に見舞われたのだろう。

むろん新九郎に否《いな》やはなく、先に部屋へ戻って待つことにした。

高明から預かった張り子も、大切に包んで振り分け荷物に入れ、全て準備は整えておいた。

そして、また着物を脱いで全裸になって布団で待つうち、奉公人たちに後片付けの采配《さいはい》を終えた志摩が入って来たのだった。

二

「ああ、お名残惜しいです。小紅も行ってしまったし」

志摩は言い、もどかしげに帯を解きはじめた。

「ええ、でも小紅ちゃんのことは、お志摩さんが望んだことでござんしょう」

新九郎も、手早く全裸になって布団に横たわった。

「そうなんです。小紅の願いでもあったけれど、何しろ急なことだったので」

志摩は言いながら、みるみる白い熟《う》れ肌を露《あら》わにし、やがて一糸《いっし》まとわぬ姿になって添い寝してきた。

「アア、こんなに勃《た》っているわ……」

彼女は言って幹をやんわりと握り、すぐにも顔を寄せて熱い息を股間に籠《こ》もらせた。

そして鈴口を舐め回し、張りつめた亀頭を貪《むさぼ》るようにしゃぶり付いてきた。

そのままスッポリと喉の奥まで呑み込み、幹を締め付けて吸い付き、舌もクチュクチュとからませた。

「ああ……」

新九郎は快感に喘《あえ》ぎ、美女の口の中で生温かな唾液にまみれた一物をヒクヒクと震わせた。

「ンン……」

志摩も深々と頰張《ほおば》って熱く鼻を鳴らし、吸引と舌の蠢きを続け、スポスポと摩擦までしてきた。

「も、もう……」

絶頂を迫らせた彼が言うと、志摩も素直にスポンと口を引き離し、再び添い寝してきた。入れ替わりに新九郎が身を起こし、まずは彼女の足裏に舌を這わせていった。

「あう、そんなところを……」

志摩は驚いたように身を震わせて言ったが、もちろん快楽への期待にされるままになっていた。彼は足裏を舐め回してから指の股《また》に鼻を割り込ませ、汗と脂に湿って蒸《む》れた匂いを貪った。

そして爪先《つまさき》にしゃぶり付き、全ての指の間を舐めてから、もう片方の足も味と匂いを堪能《たんのう》し尽くした。

股を開かせて脚の内側を舐め上げ、白くムッチリした内腿《うちもも》をたどると、割れ目の熱気が顔中に押し寄せてきた。見ると、はみ出した陰唇の間からは白っぽく濁《にご》った粘液が滲みはじめていた。

新九郎は、吸い寄せられるように美女の股間に顔を埋め込み、密集した恥毛に鼻を擦《こす》りつけて生ぬるい汗とゆばりの匂いを貪った。

舌を挿し入れて蠢かすと、淡《あわ》い酸味のヌメリが伝わってきた。

彼は、かつて小紅が生まれ出てきた膣口の襞から、ツンと突き立ったオサネまで舐め上げていった。

「アアッ……！」

志摩がビクッと顔を仰《の》け反《ぞ》らせて熱く喘ぎ、内腿でキュッときつく彼の顔を挟み付けてきた。新九郎も執拗《しつよう》にオサネに吸い付いては、茂みに籠もる匂いに酔いしれ、新たに溢《あふ》れる淫水をすすった。

「も、もう堪忍《かんにん》……、入れて下さい……」

志摩が降参するように声を震わせて言い、白い下腹をヒクヒクと波打たせた。

ようやく新九郎も顔を上げ、志摩をうつ伏せにさせた。そして腰を持ち上げると、彼女もそろそろと四つん這いになって尻を突き出してきた。

彼は双丘に顔を埋め込み、谷間の蕾に籠もる微香を嗅いでから舌を這わせ、襞を濡らしてヌルッと潜り込ませて粘膜を探った。

「く……！」

志摩は顔を伏せて呻き、キュッと肛門で舌先を締め付けてきた。

内部で蠢かせると、陰戸から溢れる淫水が内腿にまで伝い流れた。

ようやく顔を上げると、新九郎はそのまま股間を進め、先端を後ろから膣口にあてがい、後ろ取り（後背位）でゆっくりと挿入していった。

急角度に反り返った一物が、内壁を擦りながらヌルヌルッと潜り込むと、

「ああ……、いい……！」

志摩が豊満な尻をくねらせて喘ぎ、キュッと締め付けてきた。

根元まで深々と貫《つらぬ》くと、新九郎の下腹に尻の丸みがキュッと密着して心地よく弾んだ。

彼は腰を抱えて内部の温もりと感触を嚙み締め、徐々に腰を前後させはじめて摩擦の快感を味わった。

さらに白い背に覆《おお》いかぶさり、両脇から回した手で、たわわに揺れる乳房を鷲《わし》掴《づか》みにして揉《も》みしだいた。

「アア……、すごい……」

志摩も味わうように膣内を収縮させ、動きに合わせて尻を前後させてきた。

しかしすぐ果てるのも勿体《もったい》ないので、新九郎は充分に快感を味わってから身を起こし、いったん引き抜いた。

そして彼女を横向きにさせて上の脚を持ち上げ、下の内腿に跨《また》がって再び一気に挿入。

「く……！」

新鮮な感覚に志摩が呻き、またきつく締め付けてきた。

松葉くずしの体位だと互いの股間が交差し、密着感が高まった。膣内のみならず内腿の感触も伝わり、彼は上の脚に両手でしがみつきながらズンズンと腰を突き動かした。

そしてまた引き抜くと、志摩を仰向《あおむ》けにさせた。

股間を進め、本手（正常位）でみたびヌルヌルッと根元まで貫くと、

「アア……、もう抜かないで……！」

志摩が激しく身悶《みもだ》えて言い、身を重ねていった彼に下から両手でしがみついてきた。

新九郎も、弾力ある熟れ肌に身を預け、腰を突き動かしながら屈《かが》み込み、乳首を含んで舌で転がしながら、顔中を押し付けて豊かな膨《ふく》らみを味わった。

左右の乳首を順々に吸い、腋の下にも鼻を埋めて甘ったるい濃厚な汗の匂いに噎《む》せ返った。

「あうう……、もっと強く……」

志摩が呻き、下から股間を突き上げて動きを合わせてきた。

粗相《そそう》したように大量の淫水が溢れて律動《りつどう》を滑らかにさせ、クチュクチュと淫《みだ》らな摩擦音も響いた。

新九郎も絶頂を目指して本格的に激しく動き、白い首筋を舐め上げて唇を重ねていった。

「ンンッ……！」

志摩が熱く呻き、挿し入れた彼の舌にチュッと吸い付いてきた。

彼も生温かな唾液にまみれた舌を舐め回し、摩擦快感に高まった。

「アア……、い、いきそう……」

志摩が耐えられなくなったように口を離して仰け反り、淫《みだ》らに唾液の糸を引きながら喘いだ。

口から吐き出される息は白粉《おしろい》のように甘い刺激を含み、彼は鼻を押し付けて胸いっぱいに女の匂いを嗅ぎながら、股間をぶつけるように突き動かし続けた。

「いく……、アアーッ……！」

とうとう志摩が激しく気を遣《や》り、彼を乗せたままガクガクと狂おしく腰を跳《は》ね上げた。膣内の収縮も最高潮になり、新九郎も巻き込まれながら続いて昇《のぼ》り詰めてしまった。

「く……！」

大きな絶頂の快感に呻き、熱い大量の精汁をドクンドクンと勢いよく内部にほとばしらせると、

「あう、もっと……！」

噴出を感じた彼女が駄目押しの快感を得て口走り、さらにキュッキュッと飲み込むように締め付けてきた。

新九郎も心ゆくまで快感を味わい、最後の一滴まで出し尽くしていった。

そして満足しながら動きを弱め、体重を預けていくと、

「アア……、良かった……」

志摩も精根尽き果てたように声を洩《も》らし、熟れ肌の強《こわ》ばりを解いて力を抜いていった。

息づく肌にもたれかかり、彼はまだ収縮する膣内でヒクヒクと幹を過敏に跳ね上げた。そして喘ぐ口に鼻を押し込み、湿り気ある美女の口の匂いを嗅ぎながらうっとりと快感の余韻に浸《ひた》り込んでいったのだった。

やがて呼吸を整えながら、そろそろと股間を引き離して添い寝すると、志摩も横から肌をくっつけてきた。

「どうしましょう……、こんなに良い気持ちにさせられて、もう出ていってしまうなんて……」

志摩が荒い呼吸とともに囁き、まだ快感の波が押し寄せてくるようにビクッと熟れ肌を震わせていた。

ようやく息遣いを整えると、それでも志摩は女らしく、懐紙を手にして手早く陰戸を拭《ぬぐ》い、身を起こして濡れた一物も丁寧に拭《ふ》き清めてくれた。

「ずいぶんと、お世話になりやした……」

新九郎も起き上がって言い、下帯を着けた。

志摩も名残惜しいまま身繕《みづくろ》いをし、髪を整えて居住《いず》まいを正した。

「こちらこそ、大変にお世話になりました。どうか、道中くれぐれもお気を付けて……」

志摩が言い、やがて新九郎も旅支度を調えた。

そして鼻腔に志摩の残り香を感じながら、茶を飲む間もなく、そのまま出立することにしたのだった。

三

（また来ることがあるだろうか……）

新九郎は、志摩に見送られて思った。

そして鉢石の宿場を出ると、そのまま今市を越えて大沢で遅めの昼餉、志摩にもらった握り飯を食い、さらに南下した。

徳次郎から賑《にぎ》やかな宇都宮を抜け、雀宮で木賃宿《きちんやど》に泊まった。

良いというのに高明が金も持たせてくれたので楽だが、やはり節約で一番安い宿を選んだ。

初音は姿を見せない。一行と一緒に国許へ行ったのか、あるいはどこかで見守ってくれているのか、それは分からなかった。

とにかく、連日のように、日に何度かの情交をしてきたが、帰りの道中、なものになりそうだった。

翌朝、雀宮を出た新九郎は、石橋、小金井を越えて昼餉。さらに芋柄新田と小山を抜けたところで、彼は日暮れの街道を逸《そ》れて森に入ってゆき、沙羅の小屋を訪ねてみた。

急ぎ足で暗い森を抜けると、すっかり日が落ちて夕闇が立ち籠めていた。

滝の前の河原に、その小屋は残っていた。しかも中から灯《あか》りが見えているではないか。

どうやら沙羅はまだ、一人でここに残っているようだった。

近づいていくと、いきなり勢いよく戸が開かれ、弓に矢をつがえた沙羅が姿を現わした。

「誰！　……し、新九郎か！」

沙羅が声を上げたがすぐに気づき、矢を下ろして白い歯を見せた。

「まだいたのか。とうにどこかへ行ったかと思ったが」

「何しに来た」

言葉は素っ気ないが、沙羅は喜色を浮かべて彼を中に招き入れた。

「一宿一飯《いっしゅくいっぱん》の恩義に与《あずか》りに」

「そうか、嬉しい。もしかして、帰りに来るような気がしていた。あと二日三日待って来なければ、小屋を焼いて奥州《おうしゅう》に帰ろうと思っていたのだ」

沙羅が言い、囲炉裏《いろり》を前に座って鍋を掻《か》き回した。新九郎も笠《かさ》と合羽《かっぱ》を脱ぎ、草鞋《わらじ》を脱いで上がり込むと、長脇差《ながどす》を置いて座った。

「大名行列と一緒に、日光参詣に行ったのか」

沙羅が、椀《わん》に芋粥《いもがゆ》を盛って渡しながら訊いた。

「頂きやす」

「お前と大名の関わりは」

「少々縁が」

短く答え、新九郎は熱い粥を食った。

「ふん、まあいい。顔立ちや剣技からして、武士だとは思っていたが、そんな可《お》笑《か》しなお前としたのが一番気持ち良かった」

沙羅も、粥をすすりながら言った。

「どうだ。一宿一飯のお返しに、また今宵《こよい》うんと舐めてくれるか」

「お望みなら、あっしも願ってもねえことでやすが、その前に河原で水浴びをさせておくんなさい」

「嫌だ。待てぬ。そんなのは朝で良かろう。汗の匂いのするお前と交《まじ》わりたい」

沙羅は、日頃新九郎が望むようなことを言って淫気を高まらせていた。

やがて食い終わって水を飲むと、本当に待てないように沙羅は荒縄の帯を解いて、短い衣を脱ぎ去ってしまい、野性味溢《あふ》れる肢体《したい》を露《あら》わにした。さらに後ろで束《たば》ねていた元結いを解《ほど》くと、長い髪がサラリと流れた。

「さあ」

言われて、新九郎も手早く手甲脚絆《てっこうきゃはん》を外して帯を解き、着物と襦袢《じゅばん》、股引《ももひき》と下帯を脱ぎ去って同じく全裸になった。

煎餅《せんべい》布団に添い寝すると、すぐにも沙羅がしがみついてきたので、新九郎も大柄美女に甘えるように腕枕してもらい、息づく乳房に迫った。

すでにツンと勃起している乳首にチュッと吸い付き、舌で転がしながら顔中を膨らみに押し付けると、生ぬるく甘ったるい濃厚な汗の匂いが、悩ましく鼻腔《びくう》を刺激してきた。

「アア……！」

沙羅が熱く喘ぎ、彼の顔をきつく胸に抱きすくめてきた。

新九郎も強く吸い、前歯でコリコリと刺激してやり、野生美女の濃厚な体臭に噎《む》せ返った。

もう片方の乳首も含んで舐め回し、軽く噛んでから腋の下にも鼻を埋め込んでいった。湿った腋毛には、さらに濃厚な匂いが沁《し》み付き、嗅ぐたびに胸が満たされ、刺激が股間に伝わっていった。

新九郎は充分に嗅いでから舌を這わせ、脇腹から腹部に移動していくと、沙羅も仰向けの受け身体勢になった。

彼は引き締まって段々になった腹の筋肉を舌でたどり、臍《へそ》を舐めてから張り詰めた下腹に移り、腰から逞《たくま》しい太腿を舐め降りていった。

沙羅も息を弾ませ、スラリと長い脚を投げ出してされるままになっていた。

新九郎は脛《すね》の体毛に愛《いと》しげに頬ずりして足首まで下りると、大きな足裏に回り込んで舌を這わせた。

太く長い指の間に鼻を割り込ませて嗅ぐと、そこはやはり汗と脂にジットリ湿り、ムレムレの匂いが濃く沁み付いていた。

悩ましい足の匂いを胸いっぱいに嗅いでから爪先をしゃぶり、爪を嚙み、順々に指の股に舌を挿し入れて味わい、もう片方の足も味と匂いが薄れるほど貪り尽くしてしまった。

そして大股開きにさせて脚の内側を舐め上げ、張り詰めた内腿にも舌を這わせて歯をキュッと食い込ませ、熱気と湿り気の籠もる陰戸に迫っていった。

指で陰唇を広げると、やはり志摩のように白っぽく濁った本気汁が膣口の襞にまつわりついていた。

誰より大きなオサネもツンと突き立って光沢を放ち、やがて新九郎は悩ましい匂いに誘われるように、ギュッと顔を埋め込んでいった。

密集した恥毛に鼻を擦りつけて嗅ぐと汗とゆばりの匂いが濃厚に混じり合い、刺激的に鼻腔を搔き回してきた。

舌を挿し入れて淡い酸味のヌメリを搔き回し、膣口からオサネまで舐め上げ、チュッと吸い付くと、

「あう、もっと強く……!」

その部分への愛撫を待ちかねていたように沙羅が呻き、内腿でムッチリときつく彼の両頰を挟み付けてきた。

新九郎は執拗にオサネを舐めては、新たに溢れる淫水をすすり、さらに両脚を浮かせて尻の谷間に移動した。

薄桃《うすもも》色の蕾に鼻を埋めると生々しい匂いが籠もり、悩ましく鼻腔を刺激してきた。彼は顔中を張りのある双丘に押しつけながら嗅ぎ、舌を這わせてからヌルッと潜り込ませた。

「く……、いい気持ち……」

沙羅が息を詰めて呻き、キュッと肛門で舌先を締め付けてきた。

彼は内部で執拗に舌を蠢かせ、甘苦いような微妙な味覚のある粘膜《ねんまく》を探り、再び溢れる淫水を舐め取りながらオサネに戻っていった。

「アア……、も、もういい……、今度は私が……」

早々と果てるのを惜しむように言い、沙羅が彼の顔を股間から追い出して起き上がってきた。

新九郎も素直に離れて仰向けになり、股を開いた。

沙羅が屈み込むと、長い黒髪がサラリと彼の股間を覆い、中に熱い息が籠もった。沙羅は亀頭にしゃぶり付き、チロチロと鈴口を舐めてからスッポリと根元まで飲み込んでいった。

そして熱い鼻息で恥毛をくすぐりながら、幹を丸く締め付けて強く吸い、クチュクチュと舌をからませて生温かな唾液にまみれさせた。

「ああ……」

新九郎は快感に喘ぎ、強く吸われるたび思わず腰を浮かせた。

やがて充分に濡らしてから、沙羅がスポンと口を引き離して起き上がり、前進してきた。

先端に濡れた割れ目を押し当て、位置を定めると息を詰めて、味わうようにゆっくり腰を沈み込ませた。

一物がヌルヌルッと根元まで潜り込み、彼女も完全に座り込んで股間を密着させた。

「アアッ……、いい……」

沙羅が顔を仰け反らせて喘ぎ、新九郎も肉襞の摩擦と温《ぬく》もりに包まれて快感を嚙み締めた。

そして彼女は何度かキュッキュッと締め付け、グリグリと股間を擦りつけてから身を重ねてきた。大柄な彼女が覆いかぶさると、彼も重みと温もりを受け止め両手を回して抱き留めた。

彼は僅かに両膝を立て、感触を味わいながらズンズンと小刻みに股間を突き動かしはじめた。

しかし沙羅は応《こた》えず、いつしかその右手に抜き身の匕首《あいくち》が握られ、切っ先が彼の喉元に突きつけられていたのである。

四

「ここで暮らそう。嫌なら殺す。どうか、ずっと私と一緒にいて」

沙羅が思い詰めた眼差しで見下ろし、燃えるように熱い息で囁いた。

膣内のヌメリと収縮が増し、新九郎は命の瀬戸際に追い込まれながらも萎《な》えることはなかった。

「さあ、返答を……、あッ！」

彼女が言うなり、ひゅっと風を切る音がして匕首が弾き飛ばされていた。

驚いて見ると、いつの間にか鳥追《とりお》い姿の初音が入り口から入り、次の矢をつがえたところだった。

どうやら初音の射《い》た矢が、沙羅の得物を弾《はじ》いたのだろう。

「情交だけなら良いが、妙な真似をするなら殺す」

初音が、きつい眼差しで矢を向けながら近づいて言った。

「ふ……、渡世人《とせいにん》に鳥打ちの護衛とは、よくよく可笑しな奴ら……」

沙羅は毒気を抜かれたように、まだ繋《つな》がったまま苦笑して言った。

「私は沙羅、お前は」

「初音」

「素破《すっぱ》か、面白い。もう新九郎を殺《あや》める気は失《う》せた。せめて情交を続けさせろ」

沙羅が言うと、初音も弓矢を置いて上がり込んできた。そして弾き飛ばした匕首を奥に置き、沙羅の周囲に武器がないか調べて回った。

すると、沙羅は快感を再開するように腰を遣《つか》いはじめた。

「初音、ともにせぬか。私は女相手も好きだ。二人で私を気持ち良くさせてくれれば、朝には無事に別れよう」

「承知、その方が新さんも悦《よろこ》ぶ」

言われた初音も、もう沙羅に害意はないと悟ったようで、斜めに背負った三味《しゃみ》線《せん》を下ろして帯を解き、くるくると手早く着物を脱ぎはじめていったではないか。

こうしたところは、女の方が度胸があると見える。

沙羅も野山で自分を鍛錬し、素破に通じる気持ちがあり、女同士はすぐ不思議にも意気投合したようだった。

たちまち初音も一糸まとわぬ姿になり、茶臼《ちやうす》で繋がっている二人に迫って添い寝してきた。

「新さんは、ここも感じる」

初音は言って沙羅を起こさせ、彼の乳首にチュッと吸い付いてきた。

すると沙羅も屈み込み、もう片方の乳首を舐め回してくれた。

「ああ……」

新九郎は、美女たちに左右の乳首を吸われ、沙羅の熱く濡れた膣内でヒクヒクと幹を震わせて喘いだ。

「そっと噛んで」

初音が、彼の代わりに言って歯を立ててくると、沙羅も頑丈な前歯でキュッと乳首を挟んできた。

「く……！」

彼は甘美な刺激に呻き、二人分の熱い息で胸をくすぐられながら高まった。

沙羅も股間をしゃくり上げるように動かし、やがて乳首から口を離して、彼の唇を求めてきた。

すると初音も一緒になって、横から顔を割り込ませ、同時に唇を密着させてきたのである。

新九郎は、美女たちの唇を同時に味わい、それぞれ伸ばされてくる舌を舐め回した。女同士は舌が触れ合っても嫌ではないらしく、混じり合った熱い息が彼の顔中を湿らせた。

なんという贅沢《ぜいたく》な悦びであろう。

新九郎は、滑らかに蠢く二人の舌を舐め回し、混じり合って注がれる生温かな唾液でうっとりと喉を潤して酔いしれた。

初音の息は小紅に似た、可愛らしく甘酸っぱい果実臭である。沙羅の息はもっと濃厚で、醸《かも》された猿酒《さるざけ》のように強烈な刺激が含まれていた。

その二人分の吐息に高まり、股間を突き上げながら、新九郎はジワジワと絶頂を迫らせていった。

「唾《つば》を、もっと……」

囁くと、先に初音がトロトロと唾液を吐き出し、沙羅もそれに倣《なら》った。

新九郎は、二人分の白っぽく小泡の多い唾液を舌に受けて味わい、飲み込むと甘美な悦びで胸を満たしていった。

「顔中も……」

さらにせがむと、初音がヌラヌラと鼻の穴や頰を舐め回してくれ、もちろん沙羅も腰を遣いながら長い舌を這わせてくれた。

たちまち彼の顔中は二人の唾液でヌルヌルにまみれ、甘酸っぱい芳香が鼻腔を刺激した。

とうとう新九郎は、二人分の唾液と吐息に包まれながら、肉襞の摩擦の中で昇り詰めてしまった。

「あう……！」

突き上がる快感に呻き、熱い精汁をドクンドクンと勢いよく沙羅の中にほとばしらせた。

「あ、熱い……、いく……！」

噴出を感じた瞬間に沙羅も気を遣り、口を離して呻きながらガクガクと狂おしい痙攣《けいれん》を開始した。

「気持ちいい……、アアーッ……！」

沙羅が声を上げて膣内を収縮させ、その摩擦の中で新九郎も快感を嚙み締め、心置きなく最後の一滴まで出し尽くしていった。

満足しながら突き上げを弱め、なおも収縮する膣内でヒクヒクと幹を過敏に震わせた。そして彼は、まだ顔を寄せている二人分の混じり合った息を嗅ぎながら、うっとりと余韻を味わったのだった。

「ああ……」

やがて沙羅も満足げに声を洩らし、全身の強ばりを解いてグッタリと彼にもたれかかってきた。そして彼女も敏感になり、刺激を避けるように股間を引き離してゴロリと横になった。

すると初音が、厭《いと》わず淫水と精汁にまみれた一物にしゃぶり付き、舌で清めはじめてくれたのだ。

「く……」

新九郎は過敏に反応して呻きながらも、妖《あや》しい雰囲気の中、初音の舌の刺激にムクムクと回復してきた。やはり相手が二人だと、倍の速さで回復してくるようだった。

「初音、こっちに股を……」

しゃぶられながら新九郎が言うと、初音も亀頭を含みながら身を反転させ、彼の顔に上から跨がってきた。

彼も下から初音の陰戸に顔を埋め、恥毛に籠もった新鮮な汗とゆばりの匂いを嗅ぎ、濡れはじめている割れ目に舌を這わせた。

そんな様子を、沙羅が息を弾ませて見守っていた。

「ンンッ……！」

オサネを舐め回すと、しゃぶり付きながら初音が呻き、さらに吸引を強めながら熱い鼻息でふぐりをくすぐってきた。

「すごい、平気で主の顔を跨ぐなど……」

見ていた沙羅が呆《あき》れたように呟き、たちまち淫気が甦《よみがえ》ったように、仰向けの新九郎の足の方に移動して屈み込んだ。

そして、自分がしてもらったように彼の足裏を舐め、爪先をしゃぶり、全ての指の股に舌を割り込ませてきたのだ。

「あう……」

新九郎は驚いたように呻き、生温かな唾液に濡れた指で沙羅の舌先を摘《つま》んだ。

両足とも舐めると、沙羅は彼の脚の内側を舐め上げ、股間に迫ってきた。

そして両脚を浮かせると、厭わずに彼の肛門を舐め回し、ヌルッと舌を潜り込ませてきた。

「アア……、気持ちいい……」

新九郎は、妖しい快感に喘いだ。沙羅の長い舌が肛門に潜り込み、初音は一物をくわえ、二人の混じり合った息がふぐりをくすぐった。

彼は沙羅の舌を肛門でキュッキュッと味わうように締め付け、初音の口の中でヒクヒクと幹を震わせた。

やがて沙羅が彼の脚を下ろして舌を抜き、そのままふぐりを舐め回して二つの睾丸《こうがん》を転がし、袋全体を生温かな唾液に濡らした。

すると初音がチュパッと口を離した。沙羅はそのまま幹の裏側を舐め上げ、初音と一緒に亀頭を舐め回してくれた。

新九郎は初音の茂みに籠もった匂いを貪り、溢れる淫水をすすり、さらに伸び上がって尻の谷間の蕾にも鼻を埋めて微香を嗅いだ。そして舌を這わせて襞を濡らし、ヌルッと潜り込ませて粘膜も味わった。

「ク……」

初音が呻き、沙羅と一緒に亀頭をしゃぶり続けた。

いつしか彼自身はすっかり勃起して、元の硬さと大きさを取り戻していた。

「こんなに勃ったわ。次は初音が入れてみて。不意討ちなどせぬから」

沙羅が言うと、初音も身を起こし、向き直って一物に跨がってきた。

そして二人分の唾液に濡れた先端に陰戸を押し付け、息を詰めてゆっくり腰を沈み込ませていった。

五

「アアッ……、いい気持ち……」

初音がヌルヌルッと根元まで受け入れ、ぺたりと座り込んで喘いだ。

新九郎も、肉襞の摩擦と温もりを感じながら、さっきの射精などなかったかのように高まってきた。

初音もすぐに腰を動かしはじめ、身を重ねてきた。

新九郎は潜り込むようにして初音の左右の乳首を舐め、腋の下の匂いも貪り、甘ったるい汗の匂いで鼻腔を満たした。

「いいわ、いいって。私はもう充分だから」

沙羅は言ったものの、まだ淫気がくすぶっているように、自分でオサネをいじりながら添い寝してきた。

新九郎はズンズンと股間を突き上げ、初音の感触に高まりながら、また二人の顔を引き寄せて混じり合った唾液と吐息に酔いしれた。

「ああ……、いく……！」

初音もすぐに気を遣り、ヒクヒクと肌を波打たせながら収縮を強めた。

淫法も心得ている彼女は、自在に気を遣ることも出来るらしく、長引かせずに絶頂を迎えたようだ。

その収縮の中、新九郎も立て続けに昇り詰めてしまった。

「く……！」

快感に呻き、ありったけの精汁を絞り出した。

「アア……！」

初音も噴出を受けて喘ぎ、やがて彼が出し尽くすと、同時にグッタリと力を抜いていった。すると横から密着していた沙羅も、自らのオサネへの刺激に気を遣り、ガクガクと痙攣した。

「き、気持ちいい……、アアッ……！」

沙羅が喘いで力を抜き、やがて三人は満足しながら肌をくっつけ合い、荒い呼吸を繰り返したのだった……。

——全裸のまま外に出ると、満月が昇りはじめていた。

三人で滝壺の浅瀬に入って浸《つ》かり、身体を洗い流した。

「ああ、いい気持ち……」

沙羅が髪まで洗って言い、新九郎も深い満足の中、冷たい水で心地よく全身を流した。

そして自ら上がると彼は石の上に座り、上がってきた二人を左右に立たせ、股間を顔に向けさせて両の肩を跨がせた。

「どうするのだ……」

「ゆばりを浴びせて欲しい」

「何と……」

言うと沙羅は驚いたようだが、すでに初音が股間を突き出し、自ら陰唇を指で広げて尿意を高めているのを見て、慌《あわ》てて自分もそれに倣った。

いかに抵抗があっても、無意識に同性には対抗意識が湧くのだろう。

沙羅も自ら指で陰唇を広げ、彼の顔の方に股間を突き出してきた。

新九郎は左右の割れ目を舐め回した。

残念ながら、恥毛に籠もっていた濃い匂いは二人とも消えてしまったが、舐めるうち新たな潤いが感じられた。

「あう、出ます……」

初音が言うなり、チョロチョロと温かな流れをほとばしらせてきた。

それを口に受け、彼は淡い味と匂いを貪りながら喉に流し込んだ。

「し、信じられぬ……、あう……」

沙羅が呆れたように言い、それでも自分もポタポタと雫《しずく》を滴《したた》らせ、間もなくチョロチョロと放尿を開始した。

彼はそちらの流れにも口を向けて受け、初音より濃い味と匂いを堪能して飲み込んだ。

その間も初音の流れが肌に注がれ、冷えた身体を温かく伝い流れた。

やがて二人の流れは治《おさ》まり、新九郎は交互に割れ目を舐め回して余りの雫をすすった。

「アア……、何と可笑しな……」

沙羅が舐められながら喘ぎ、ガクガクと膝《ひざ》を震わせた。

そしてすっかり気が済んだ新九郎が舌を引っ込めると、また三人で全身を洗い流し、身体を拭きながら小屋へと戻っていった。

「さあ、もう寝よう。何年分も気持ち良かった。何もせぬから初音も安心して眠るが良い」

「ええ、では」

初音が答えると、三人は襦袢だけ着て新九郎を真ん中に横になり、それぞれの着物を掛けた。

新九郎もさすがに疲労し、すぐにも睡《ねむ》りに落ちてしまった。

一体どれぐらい眠ったか、目を開くと外がうっすらと白みはじめていた。

気がつくと、横に寝ていた初音の姿はなく、着物も三味線もないので、もう安心と思い、出ていったようだ。

彼の横では、沙羅が心地よさげな寝息を立てて眠っている。

（もう沙羅ともお別れか……）

彼は思った。奥州へ帰ると言っていたが、今後の彼女の暮らしが平穏であることを願った。

それに、今まで奪った金の蓄《たくわ》えぐらいあるだろう。悪事で得た金だが、せめて今後の真っ当な暮らしのために使ってくれるなら良いと思った。

「あ……、起きていたのか。初音は……」

寝顔を見つめていると、沙羅が目を開いて言った。

「ああ、もうどこかへ行ったようで」

「そうか、もう私が何もしないと思ったのだろう。確かに、一夜寝て生まれ変わったようだ。今日にも奥州へ向かう」

「それがよござんしょう」

「では、あと一回だけ……」

沙羅が、熱っぽい眼差しで迫ってきた。

「ええ、あっしもそう思っていたところで」

「三人も楽しかったが、やはり情交は一対一に限る」

彼女は言い、新九郎も肌を密着させた。

すると沙羅が横からピッタリと唇を重ね、彼の一物を探ってきた。朝立ちの勢いもあるので、指の愛撫にすぐにも肉棒はピンピンに勃起していった。

「すぐ入れて……」

「舐めて濡らした方が」

「いいの、生まれ変わったので、少しぐらい痛い方が生娘《きむすめ》のようで……」

急に女らしい口調になり、新九郎も淫気を高まらせて身を起こした。

そして仰向けで股を開いた真ん中に股間を進め、本手（正常位）で先端を押し当て、ゆっくりと挿入していった。

あまり濡れていないが、一物は肉襞の摩擦と締め付けを受けながら、ヌルヌルッと根元まで吸い込まれていった。

「アア……、嬉しい……」

股間を密着させると、沙羅が顔を仰け反らせて喘いだ。

彼も深々と押し込み、身を重ねていくと下から彼女が両手で激しくしがみついてきた。

「突いて、強く何度も奥まで……」

沙羅が熱く言い、新九郎も最初から激しく腰を突き動かしながら、寝起きで濃くなった彼女の息を嗅いだ。

その刺激に急激に高まり、彼が勢いをつけて律動すると、すぐにも淫水が溢れて出し入れが滑らかになっていった。

「あう、気持ちいい……」

沙羅が喘ぎ、新九郎も高まりながら上から唇を重ね、舌をからめて生温かな唾液を味わった。

「ンンッ……！」

彼女も熱く呻いて新九郎の舌にチュッと吸い付き、ズンズンと激しく股間を突き上げてきた。

「い、いきそう……、お願い、新九郎。嘘でも良いから好きと言って……！」

絶頂を迫らせ、声を上ずらせながら言うと、

「好き……」

彼も答えてやった。

「い、いく……、アアーッ……！」

その瞬間沙羅が声を上げ、ガクガクと身悶えながら激しく気を遣った。

同時に新九郎も、膣内の収縮に巻き込まれ、続いて昇り詰めてしまった。

「く……！」

快感に呻き、今日一番目の精汁を勢いよくドクドクと中に注入した。

「あうう……、温かい……」

沙羅は噴出を感じて呻き、嚙み締めるようにキュッときつく締め付けてきた。

新九郎は快感を味わい、心置きなく最後の一滴まで出し尽くしていった。

「ああ……、嬉しい……」

彼が動きを弱めると沙羅は声を洩らし、肌の硬直を解いていった。

そして息を震わせながら長い睫毛《まつげ》に涙を溜め、とうとうぽろりと頰を濡らしはじめたのだった……。

第五章　鉄火肌《てつか》の熟《う》れた匂い

一

「では、どうかお達者《たつしや》で……」

沙羅が言い、新九郎に手を振った。また夜盗の根城《ねじろ》にならぬよう潔《いさぎよ》く小屋を焼き、彼女もこれから故郷である奥州へ向かうのだ。

新九郎は辞儀《じぎ》をして沙羅と別れ、後は振り返らず街道へ出ると、間々田の宿場へと向かった。

そして来るとき泊まった本陣宿を訪ねると、

「し、新さんじゃねえか……！」

何と、右手を肩から吊った伝八が、ちょうど仕度《したく》を調《ととの》えて出るところだったのである。

「ああ、もう怪我《けが》は大丈夫で？」

「まだ痛《いて》えけど、歩く分には平気なんで。これから粕壁へ帰るところだったが、新さん一緒に行ってくれやすかい」

「ええ、もちろん」

新九郎は答え、女将《おかみ》に挨拶《あいさつ》して礼を言った。すると女将は、彼の分まで昼餉《ひるげ》の握り飯を渡してくれた。

新九郎は、中で休まずそのまま伝八と一緒に宿を出て歩きはじめた。

「嬉《うれ》しいなあ、また新さんと旅が出来るなんざ……」

伝八は、涙ぐむほど嬉しいようだった。肩を射《い》られて療養し、よほど心細かったのだろう。

「不自由はありやせんでしたか」

「ああ、怪我した俺を送ってくれた鳥追《とりお》い女が、女将に過分な心付けを渡してくれたんで良くしてもらいやした」

「それはようござんした」

「昨日から歩くようになって、小山の村まで行って来やした。まあ村は誰もおらず荒れ放題になっていやしたが、並んでる土饅頭《どまんじゆう》のどれかがおっかさんと思い、手を合わせてきたので気が済みやした」

伝八は言い、気がかりも解消してすっきりした顔立ちになっていた。

「で、新さんは日光へ？」

「ええ、湯に浸《つ》かって行列と別れてきやした」

「これからどこへ」

「粕壁へ寄ってから、江戸へと」

「ふうん、何かと忙しいんでやすねえ」

伝八は言い、右腕を吊られて不自由そうだが、歩調は乱れることもなかった。

肩を射られて二日ばかり熱を出して唸《うな》っていたようだが、もう傷も塞《ふさ》がり、無理に動かなければ痛まないほどに回復しているらしい。

やがて二人は野木を越えて古河の宿で昼餉。さらに中田から利根川の関所を渡り、栗橋の木賃宿《きちんやど》に泊まることにした。

むろん二人とも前林藩が用意してくれた手形があるから、関所も難なく越えられた。

早めに夕餉と風呂を済ませると、久々に歩いた伝八を休ませた。

彼も新九郎が一緒なので安心したのだろう、横になると相変わらずの大鼾《いびき》で寝入ってしまった。

新九郎は、まだ宵《よい》の口なので着流しで外へ出て、町外れにある地元の賭場へ足を運んでみた。高明に貰《もら》った小遣いを博打《ばくち》に使うのも気が引けるが、僅《わず》かでも増えれば言うことはないのだ。

案内されて中に入ると、女の壺振《つぼふ》りがいた。

（お駒姐《こまねえ》さん……）

新九郎は、一年ぶりの懐《なつ》かしい顔を見て笑みを洩《も》らした。

「入ります！」

四十前後の駒は、相変わらず艶《あで》やかな容姿で威勢良く壺に賽《さい》を入れて盆茣蓙《ぼんござ》に伏せた。片肌脱ぎ、胸には晒《さら》しが巻かれているが、肩と二の腕にある緋桜《ひざくら》の彫り物も鮮やかだった。

新九郎も賭けたが、駒は隅《すみ》の方にいる彼に気づいていないようだ。

いつも新九郎は、半端者《はんぱもの》として半に賭け、それでもいくばくかの稼《かせ》ぎになり、間もなく賭場は開きとなった。

どうしても関所のある宿場だから賭場への見回りや取り締まりも厳しいが、何しろ旅籠《はたご》も多いので客が絶えず、短い間に多く稼ぐというのがこの土地の特徴のようだった。

旅の途中である客たちがゾロゾロと席を立って帰りはじめ、新九郎も立ち上がった。

すると、そこへ着物を整えた駒が近づいて声をかけてきたのだ。

「新さん、お久しぶり」

「お気づきでやしたか」

笑顔の駒に、新九郎も答えて頭を下げた。

「だって半ばかり賭けるんだもの。ね、私の部屋へお付き合い下さいな」

熱っぽい眼差《まなざ》しで言われて、もちろん新九郎も従った。

一年前に懇《ねんご》ろになり、駒の感じるツボは心得ているから、彼もすっかり淫気が高まった。

賭場を出ると、駒は近くにある料亭の離れに彼を案内し、裏口からなので誰にも会わずに部屋に入った。

駒は、一頃《ひところ》は江戸にもいたが、壺振りとして関八州《かんはっしゅう》のあちこちを渡り歩き、今はここ栗橋に滞在しているらしい。

「また会えるとは思わなかったわ」

駒は嬉しげに言いながら、気が急《せ》くように手早く床《とこ》を敷き延べた。

やはり彼女も懐かしく印象的なのは、新九郎本人というより、彼と分かち合った快楽の数々なのだろう。

「さあ」

彼女が促し、すぐにも帯を解《と》きはじめたので、新九郎も着流しと下帯を脱ぎ去り、先に全裸で布団に仰向《あおむ》けになっていった。

「まあ、もうすごく勃《た》ってる……」

「前と同じように、どうか足から」

一糸《いっし》まとわぬ姿になった駒が一物《いちもつ》を見て言うので、新九郎も他の女には頼めぬことをせがんだ。

「いいの？　こう？」

駒が迫り、彼の顔の横にスックと立った。見上げると、ムチムチした脚が興奮と歓喜で僅かに震え、すでに陰戸《ほと》が濡れはじめているようだった。

彼女は壁に手を突いてそっと片方の足を浮かせ、彼の顔に乗せてきた。

新九郎も感触を味わい、足裏に舌を這《は》わせながら、指の間に鼻を押し付けて嗅《か》いだ。

そこは汗と脂に生ぬるく湿り、蒸《む》れた匂いが濃く沁《し》み付いていた。

新九郎は悩ましい匂いを貪《むさぼ》りながら爪先《つまさき》にもしゃぶり付き、順々に指の股《また》に舌を割り込ませて味わった。

「アア……、いい気持ち……、こんなことしてくれるの新さんだけ……」

駒が喘《あえ》ぎ、しゃぶりながら見上げると、熟《う》れた陰戸《ほと》から溢《あふ》れた淫水が、白く滑《なめ》らかな内腿《うちもも》に伝い流れはじめていた。

味わい尽くすと足を交代してもらい、彼はそちらも存分に味と匂いを貪り尽くしたのだった。

そして足首を摑《つか》んで顔の左右に跨《また》がらせ、手を引いてしゃがみ込ませた。

「ああ……、恥ずかしい……」

鉄火《てっか》肌の駒も、男の顔にしゃがみ込むのはかなりの羞恥《しゅうち》が湧《わ》くようだった。

しかも彼女にとって新九郎は、単なる渡世人《とせいにん》ではなく、高貴な雰囲気すら感じられる謎《なぞ》の男なのである。

完全にしゃがみ込むと、肉づきの良い脚がムッチリと張り詰め、熱気と湿り気の籠《こ》もる陰戸が鼻先に迫ってきた。黒々と艶のある茂《しげ》みが濃く密集し、割れ目からはみ出す陰唇はネットリとした蜜汁にまみれていた。それが僅かに開いて息づく膣口と、光沢ある大きめのオサネが覗《のぞ》いた。

新九郎は豊満な腰を抱き寄せ、柔らかな茂みに鼻を埋め込んで嗅いだ。

甘ったるい汗の匂いと微《かす》かな刺激を含んだ残尿臭が入り交《ま》じり、悩ましく鼻腔《びくう》を搔《か》き回してきた。

陰唇を舐《な》めると、淡《あわ》い酸味のヌメリが舌の動きを滑らかにさせ、さらに押し込んでゆき膣口の襞《ひだ》を搔き回して、オサネまで舐め上げていった。

「あう……、い、いい気持ち……」

駒は呻《うめ》きながらヒクヒクと下腹を波打たせ、思わず座り込みそうになるたび、懸命に彼の顔の左右で両足を踏ん張った。

新九郎はチロチロとオサネを舐めては溢れる淫水をすすり、さらに尻の真下にも潜《もぐ》り込んでいった。

顔中に豊かな双丘を受け止めながら、谷間の蕾《つぼみ》に鼻を埋めると、秘《ひ》めやかな微香が籠もって胸に沁み込んできた。

充分に嗅いでから舌を這わせ、ヌルッと潜り込ませて粘膜《ねんまく》を探ると、

「く……、駄目……」

駒が呻き、キュッと肛門で舌先を締め付けた。

彼が中で舌を蠢《うごめ》かせると、陰戸から滴《したた》る淫水が鼻の頭を濡らしてきた。

そして再び陰戸に戻ってオサネを吸い、前も後ろも味わい尽くすと、駒がビクッと股間を引き離してきた。

「い、いきそう……、でもまだ勿体《もったい》ないわ……」

言いながら位置を変え、彼の股間に屈《かが》み込んで先端を舐め回し、スッポリと喉《のど》の奥まで呑み込んでいった。

二

「ああ、気持ちいい……」

根元まで含まれて吸われ、クチュクチュと舌に翻弄《ほんろう》されながら新九郎は快感に喘いだ。

駒は深々と頰張《ほおば》り、熱い息で恥毛《ちもう》をくすぐり、口の中では執拗《しつよう》に舌を蠢かせていた。股間にいる彼女を見ると後《おく》れ毛が艶《なま》めかしく、一心不乱にしゃぶる様子が淫《みだ》らだった。

「ンン……」

駒は熱く鼻を鳴らして吸い付き、やがてスポンと口を引き離した。

「入れたいわ……」

「では最初は、背中を見たいので向こう向きに」

彼が言うと駒は背を向け、後ろ向きの茶臼《ちゃうす》で跨がってきた。

仰向けの新九郎の顔の方に尻を突き出して先端を陰戸に押し当て、ゆっくりと座り込んできた。

急角度の一物が内壁を擦《こす》りながらヌルヌルッと滑らかに呑み込まれていくと、すぐにも互いの股間が密着した。

ちょうど、仰向けのまま後ろ取りをしたような体位である。

「アアッ……、いいわ……！」

駒がキュッと締め付けながら喘ぎ、新九郎も股間に当たる尻の感触と膣内の温もりを感じながら、彼女の彫り物を見た。

馬上にいて薙刀《なぎなた》を構える巴御前《ともえごぜん》。その周囲、肩から二の腕、尻の方にまでちりばめられた緋桜。

色白の肌に彫られた絵柄が、興奮で上気して妖《あや》しく染まり、すぐにも彼女が腰を遣いはじめたので巴御前も微妙に躍動した。

「も、もういいでしょう。抱き合いたい……」

後ろ向きの駒がグリグリと股間を擦りつけながら言い、返事も待たず、挿入したまま身を反転させてきた。

肉壺の中で一物がよじられ、やがて彼女はこちらを向き、身を重ねてきた。

新九郎も両手を回して抱き留め、潜り込むようにして乳首に吸い付いた。

「ああ……、いい気持ち……」

彼女も柔らかな膨《ふく》らみを新九郎の顔中に押し付けながら、股間をしゃくり上げるように動かしてきた。

彼は乳首を吸い、コリコリと前歯で刺激してやった。駒は、痛いぐらいの刺激が好みなのである。

「あう……、もっと強く……」

彼女が呻き、締め付けと潤《うるお》いが格段に増してきた。

新九郎は左右の乳首を含んで舐め回し、軽く嚙《か》んで愛撫《あいぶ》してから腋《わき》の下にも鼻を押しつけていった。色っぽい腋毛は生ぬるく湿り、甘ったるい汗の匂いが濃厚に籠もって鼻腔を刺激してきた。

すると駒が、彼の顎《あご》に指を添えて上向かせ、ピッタリと唇《くちびる》を重ねてきたのだ。

柔らかな感触と唾液の湿り気が伝わり、すぐにも舌が潜り込んだ。

「ンン……」

駒は熱く鼻を鳴らし、濃厚な白粉花《おしろいばな》のような匂いの息を弾ませ、執拗にクチュクチュと舌をからめてきた。

新九郎も両手でしがみつき、美女の生ぬるい唾液《だえき》と吐息を貪りながら、徐々に腰を突き上げはじめていった。

「アアッ……！」

耐えきれずに口を離して喘ぎ、駒はさらに動きを強めてきた。

互いの動きは次第に調子をつけて一致し、新九郎も肉襞の摩擦と締め付けに高まっていった。

大量に溢れる淫水が動きを滑らかにさせ、彼のふぐりから肛門にまで伝い流れて、ピチャクチャと卑猥《ひわい》な摩擦音を響かせた。

「もっと唾《つば》を……」

囁《ささや》くと、駒も懸命に口中に唾液を分泌《ぶんぴつ》させ、白っぽく小泡の多い唾液をトロトロと大量に吐き出してくれた。

それを舌に受けて味わい、うっとりと喉を潤した。

「美味《おい》しい……？」

囁くので小さく頷《うなず》くと、

「アア……、可愛《かわい》い……」

駒はグイグイと乳房を擦りつけながら喘ぎ、さらに彼の顔中に何度となく口づけをしては舌を這わせ、生温かな唾液でヌルヌルにまみれさせてくれた。

新九郎は、美女の唾液と吐息の匂いで急激に絶頂を迫らせた。

「い、いきそう……」

「もう少しよ、待って……」

弱音を吐くと、駒も大きな流れを待つように息を詰めて答え、膣内の収縮を活発にさせていった。

新九郎も必死に奥歯を噛み締めて絶頂を堪《こら》えながら動き続けたが、その間も摩擦と収縮の渦《うず》が肉棒を刺激し、しかも駒はなおも彼の顔中を舐め回し、何度となく唇を重ねては生温かな唾液を注いでくれるのである。

「い、いく……！」

とうとう耐えきれずに呻き、彼は昇《のぼ》り詰めてしまった。

溶けてしまいそうに大きな快感とともに、ドクンドクンと熱い大量の精汁が勢いよく内部にほとばしり、柔肉の奥深い部分を直撃した。

「ヒッ……、き、気持ちいい……、アアーッ……！」

すると噴出を感じた駒も、辛《かろ》うじて気を遣《や》り、声を上ずらせながらガクガクと狂おしい痙攣《けいれん》を開始した。

活発になった収縮で彼も快感が増し、股間を突き上げながら心置きなく最後の一滴まで出し尽くしていった。

この一年で、駒が何人の男を体験したか分からないが、感度も反応も前以上に良くなり、新九郎もすっかり満足したのだった。

ようやく突き上げを弱めていくと、

「ああ……」

駒も声を洩らし、力尽きたように熟れ肌の硬直を解いてグッタリともたれかかってきた。

しかし膣内はまだ名残惜《なごりお》しげな収縮を繰り返し、刺激された一物が何度かびくんと内部で跳《は》ね上がった。

「あう、駄目、感じすぎるわ、もう大人《おとな》しくして……」

彼女も相当敏感になって呻き、幹の震《ふる》えを押さえつけるようにキュッときつく締め上げてきた。

新九郎も力を抜いて身を投げ出しながら美女の重みと温《ぬく》もりを受け止め、悩ましい唾液の残り香に包まれ、熱く甘い刺激の吐息を間近に嗅ぎながら、うっとりと快感の余韻《よいん》に浸《ひた》り込んでいったのだった。

駒も精根尽き果てたように体重を預け、荒い呼吸を繰り返していたが、ようやくノロノロと股間を引き離し、ゴロリと横になっていった。

「ああ、良かった……、あれからも、こんなに感じたことはないわ……」

駒が、呼吸を整えながら言い、まだ余韻が続いているようにビクッと肌を震わせていた。

「これからどこへ……？」

「粕壁へ寄ってから、江戸へ向かいやす」

「そう、私はもうしばらくここにいてから、また余所《よそ》へ流れるわ。縁があったらまたどこかで会いましょう……」

駒が言った。情は濃そうだが、やはり新九郎と同じく流れ者だから、別れ際はさっぱりしていた。

やがて懐紙で股間を拭《ぬぐ》って身繕《みづくろ》いすると、新九郎は辞儀をして駒に別れを告げ離れを出た。

そして夜も更《ふ》けた町を行き、木賃宿の部屋に戻ると、まだ伝八は大鼾だ。

彼は鼾をかきながらしきりに股間を擦り、たまに呼吸を乱していた。

（また漏《も》らすんじゃねえかな……）

新九郎は苦笑して寝巻に着替え、隣の布団に横になった。

伝八に比べたら天と地ほど女運には恵まれているが、一人の大親分に仕《つか》えるというのは、流れ者の何倍も安心があるだろう。

やがて新九郎も、すぐに深い睡《ねむ》りに落ちていった……。

三

「うわあ……」

「漏らしちまいやしたか。怪我が良くなってる証しでやしょう」

朝起きると、股間に手をやった伝八が声を洩らしたので、新九郎も笑って言いながら起き上がった。

もう日の出間近な明け六つである。

「じゃ、下帯を洗ってめいりやす」

「伝八っつあん、いい人はいないんですかい」

「とんでもねえ、安女郎《やすじょろう》の婆《ばば》あしか知らねえんで」

彼は答え、部屋を出て行った。その間に新九郎は障子を開けて外の風を入れ、布団を畳んだ。

秋も深まり、木々の葉も色づいていた。

そして彼も下へ降りて顔を洗い、朝餉《あさげ》を済ませると身繕いをした。もちろん伝八の宿賃まで払ってやり、二人で木賃宿を出た。

栗橋を出て幸手を過ぎ、杉戸の手前で昼餉。さらに南下して日が傾く頃に粕壁に着いた。

「いやあ、新さんのおかげでずいぶん手足を伸ばして寝られやした」

伝八は、一家に戻る前に、あらためて新九郎に礼を言った。今日からまた下っ端としてコキ使われるだろうが、まあ怪我が完治するまでは、そう無理はさせられないだろう。

やがて二人は銀蔵一家に戻り、新九郎は三度笠《さんどがさ》と合羽《かっぱ》を脱ぎ、草鞋《わらじ》を脱いであらためて銀蔵に挨拶をした。

「おお、夕立の、伝の野郎が世話かけやした。どうしたんだ、伝、その怪我は」

銀蔵は煙管《きせる》の煙《けむり》をくゆらせ、新九郎に言ってから、腕を吊っている伝八を見て目を丸くした。

「へえ、小山の手前で山賊に行き合いやして、矢を突き刺されやした。でももうだいぶ良いんで……」

「なにい、山賊……」

銀蔵が言い、さらに新九郎も経緯を説明した。

「あっしがついていながら、申し訳ありやせん」

「いやいや、そんな面倒をおかけして、こちらこそ済まねえ。まあ二人とも無事で良かった。礼を言うぜ」

銀蔵が言うと、伝八は懐中から二分銀を差し出した。

「何もかも新さんの世話になり、これは手つかずだったんでお返しいたしやす」

「何、そんな世話になったのか。まあいい、そいつぁ小遣いに取っときな。それよりしばらくは利《き》き腕も使えねえだろうから、ちゃんと治るまで大人しくしてるんだぜ」

「有難《ありがと》う存じやす……」

言われて、伝八は叩頭《こうとう》しながら金を懐中に戻した。

そして銀蔵と、新九郎にも辞儀をして部屋を出て行った。やはりここでは下っ端だから、そう長く親分の部屋に座っているわけにもいかないのだ。

新九郎は、子分思いな銀蔵の人物の大きさに感心していた。

「で、夕立の。これからどちらへ行きなさる」

「所用が出来たので、江戸へと」

「そうかい、じゃ今夜は泊まってゆっくりしてくんな」

「へえ、有難うござんす」

新九郎は辞儀をし、客間へ案内された。

そこへ旅の荷を解き、着流しで外へ出て湯屋へ行き、身体をさっぱり洗い流して一家へ戻ると夕餉の刻限だ。その間に、新九郎の下帯と襦袢《じゅばん》、手拭《てぬぐ》いなどは子分が洗って干しておいてくれた。

やがて一家勢揃《ぞろ》いの夕餉の席。三下とはいえ、伝八が世話になったということで豪勢な尾頭付きが出て、新九郎は恐縮して頂いた。

「それにしても新さんの強《つえ》えの何のって、山賊の猛者《もさ》を一刀のもとに斬り捨てたんだぜえ」

「へえ、すげえな、そんなに強えか」

「ああ、さらに血刀《ちがたな》を下げて、俺の肩を射貫《いぬ》いた首領を追っかけて颯爽《さっそう》と森へ飛び込んでいったんだ。その格好《かっこい》良いこと」

下座の方では、酒の入った伝八が仲間たちに自慢話をしていた。新九郎は苦笑しながらも、大名の血筋だということをうっかり口を滑《すべ》らせやしないかと心配していた。

もちろん伝八も心得ているのか、難しいことは忘れたのか、特に不味《まず》いことは口にしなかった。

やがて夕餉を終えると、新九郎は礼を言って部屋に下がり、今夜は一人でゆっくり寝ることにした。

(明日は江戸か……)

藩邸へ行けば、否応《いやおう》なく実母の佐枝《さえ》とも目通りしなければならないだろう。

面倒でもあり、楽しみでもある、何とも複雑な思いだが、やがて横になると彼はすぐ眠り込んでしまった……。

——翌朝、日の出とともに起き、顔を洗い朝餉を済ませると、新九郎は部屋で手甲脚絆《てっこうきゃはん》を着け、旅支度を調えた。

「では、親分さん。大変お世話になりやした。皆様お達者で。これにて御免被《こうむ》りやす」

「おお、行きなさるか。どうかまた立ち寄っておくんなさい。伝八、街道筋までお送りしろ」

銀蔵が言うと、伝八も大喜びで新九郎と一緒に一家を出た。

「新さん、もう会えねえのかなあ」

並んで歩きながら、伝八が寂しげに言う。

「なあに、また立ち寄らしてもらいやす。必ず」

「本当ですかい。約束ですぜ」

彼は泣きそうな顔で街道まで来て立ち止まり、あらためて深々と辞儀をした。

「それじゃお達者で」

「ええ、新さんも気をつけて」

伝八が言い、新九郎も頷いて歩きはじめた。

この粕壁の伝八が、のちに銀蔵の跡目《あとめ》を継いで人望を集めることになるとは、まだこのとき誰も夢にも思わなかったのである。

とにかく新九郎は粕壁を出て越谷《こしがや》を越え、草加《そうか》で昼餉を済ませた。

怪我人が一緒ではないから、一人の新九郎の足は速い。

そして千住《せんじゅ》を抜け、日本橋《にほんばし》に着いたのはまだ日が残っている刻限だ。

彼は、真《ま》っ直《す》ぐ神田《かんだ》の藩邸へ向かった。

すると途中で、いきなり同心と岡っ引きに行く手を阻《はば》まれた。

「おい、どこへいく。お前はどこの誰だ」

「へえ、上州無宿《むしゅく》の新九郎と申しやす。前林藩の上屋敷へ」

「なにい？　怪《あや》しい奴！」

二人は陰険な顔つきで前後を挟み、十手《じって》を向けてきた。まだ江戸では無宿人狩りをして、堤防普請《ていぼうぶしん》へ回しているようだ。

「お待ちなさい。その人は怪しいものではない！」

と、凛《りん》とした声がかかり、一人の男装の美女が近づいてきたのである。

「これは、飛翔様」

新九郎は懐かしげに彼女を見た。片岡飛翔は女ながらに藩の剣術指南、静乃の姉貴分である。

道場帰りらしい飛翔は、一年ぶりに新九郎に会う歓《よろこ》びを隠し、頬を紅潮《こうちょう》させながら役人たちを睨《にら》み付けた。

「お、お手前は……」

さすがに二本差しの出現に、同心もたじろいで言った。

「前林藩剣術指南、片岡飛翔」

「お、お大名の家と渡世人となんの関わりが。その証しでもないと」

同心が言うので、新九郎は懐中から前林家の桔梗紋《ききょうもん》の入った手形《てがた》と添え書きを出して見せた。

「こ、こんなものはどうにでも……」

まだ同心がしつこく言うところへ、さらに別の声がかかった。

「おう、てえげえにしろってんだ。江戸ってのはな、大名の縁者が渡世人姿になったり、町奉行が遊び人の格好をすることもあるところなんだぜ」

見ると、着流しのいなせな男は、何と北町奉行《きたまちぶぎょう》の遠山金四郎《とおやまきんしろう》ではないか。

「この旅人さんはな、俺の知り合いよ」

「お、お奉行……」

同心もハッと気づき、青ざめた岡っ引きと一緒にぺこりと頭を下げ、そそくさと立ち去ってしまった。

それを見送り、金四郎が新九郎に向き直った。

「久しぶりだな。また江戸へ」

「へえ、日光土産を持ってお屋敷へ」

「そうかい、またその女丈夫《じょじょうふ》と一緒に一杯やろうじゃねえか。じゃまたな」

金四郎は言い、裾《すそ》を蹴るように早足で颯爽《さっそう》と歩き去っていった。新九郎はそれを見ると、また江戸へ来たのだという実感が湧いた。

「新吾様……、あ、会いたかった……」

「飛翔は涙ぐんで言い、今にも抱きつきそうな様子を見せた。

「お久《ひさ》しゅうござんす。では上屋敷へご一緒に」

「ご一行と一緒に日光へ？　静乃にも会いましたでしょう」

「へえ、お目もじいたしやした」

新九郎は、一緒に藩邸へと歩きながら答えた。

「静乃と懇ろになったのね」

「いえ、そんなことはありやせん」

「嘘、静乃から手紙が届いているのよ。あなたにたいそう夢中だと」

どうやら静乃は、あまりに嬉しい体験だったので、飛翔に伝えずにはいられなかったようだ。

「口惜《くや》しい……。でも会えて嬉しいです……」

飛翔は歩きながら声を詰まらせ、ぽろぽろと涙をこぼした。

どうやらこの一年、まだ飛翔は独り身らしい。

「人目がありやす。泣かないでおくんなさい」

彼は困って言った。実は物陰から、まださっきの同心と岡っ引きが二人の様子を窺《うかが》っているのである。

とにかく二人は、足早に前林藩の上屋敷へと行ったのだった。

四

「そんな、どうか表門から」

新九郎が遠慮して裏口へ行こうとするのを飛翔が止め、袖を摑んで強引に表門へと連れて行ってしまった。

すると、まるで見計らっていたように大門が開かれ、家来や腰元《こしもと》、江戸家老までが出迎えに出て来たのである。

その腰元の中に初音がいたので、一足先に戻って報《しら》せておいたのだろう。

「お帰りなさいませ。どうぞ中へ」

「こ、困りやす。それこそ人目が……」

新九郎は戸惑いながらも、近所の目もあるだろうからと覚悟を決め、急いで正門から中に入っていったのだった。

物陰から見ていた同心と岡っ引きも、その様子には目を丸くし、もう疑いも晴れて二度と新九郎には近づかないことだろう。

玄関へと歩きながら、新九郎は三度笠と道中合羽を脱いだ。

中に入って上がり框《かまち》に掛け、草鞋の紐《ひも》を解くと女中が盥《たらい》を持ってきた。

まるで旅籠のような出迎え方で恐縮しながら、彼は長脇差《ながどす》を鞘《さや》ぐるみ抜いて置き、足袋《たび》と脚絆を脱いで股引の裾をめくり、盥に足を浸けた。

「自分で致しやすので」

手を伸ばしてきた女中を制し、彼は答えて自分で洗った。渡された手拭いで手足を拭いて上がり込むと、初音が部屋まで案内してくれた。

その背に、江戸家老が声をかけてくる。

「では新吾様、まずはお湯を使ってから、佐枝様にお目通りを」

「承知致しやした。お世話かけやす」

頭を下げ、彼は奥へ入っていった。

部屋に行くと、腰元姿の艶《あで》やかな初音が着替えを手伝ってくれた。手甲を外して帯を解き、着物と襦袢を脱ぎ、さらに股引と下帯まで脱ぎ去ると、彼女は洗い物としてそれらをまとめ、全裸の上から寝巻を羽織らせた。

「いつものことながら堅苦しいが、殿の手土産を渡す約束なので」

「はい。ご辛抱を。では湯殿に」

初音は言い、また部屋を出て湯殿まで案内してくれた。

寝巻を脱ぎ、中に入ったが初音は入ってこなかった。新九郎が必ず淫気を催《もよお》すと分かっているようだ。

仕方なく一人で全身を洗い流し、さっぱりして出ると、すぐに初音が出て来て身体を拭いてくれた。

また寝巻を羽織って部屋に戻ると、すでに用意されていた真新しい下帯を着けて、襦袢に着物、袴《はかま》に裃《かみしも》まで着けさせられた。髷《まげ》だけは前のままだが仕方がないだろう。

そして彼は振り分けの荷を解いて、高明から預かった包みを出した。

「では、こちらへ」

初音に促され、新九郎は包みを持って部屋を出て、奥向きにある佐枝の部屋へと案内された。

初音が恭《うやうや》しく襖《ふすま》を開け、新九郎も神妙な面持《おもも》ちで入っていった。

すると正面に、新九郎と高明の実母、四十半ばの佐枝が座し、その傍《かたわ》らには高明の正室、千代が赤ん坊を抱いて座っていた。この子が、あるいは新九郎の子かも知れない新之丞である。

「おお、新吾どの。久しゅう」

佐枝が言い、新九郎も平伏《ひれふ》した。

「またお目にかかれ嬉しゅう存じます」

新九郎も静かに答えた。

「殿と日光まで行かれたとか」

「は、その折り、殿よりお子へのお土産を言付《ことづ》かりました」

彼は包みを開き、張り子の狗《いぬ》を取り出して前へと進めた。それを初音が佐枝に手渡す。

「おお、何と可愛い。殿のお気持ちが伝わります」

佐枝は笑みを浮かべて張り子を見ると、千代の方へと渡した。

千代も嬉しげに手に取り、静かにしている新之丞に見せた。

もちろん千代は一年前、初音の術によって記憶を失っているので、新九郎に抱かれたことなど覚えてはおらず、全て高明と信じ込んでいる。それでもたまに、高明そっくりな彼の顔を不思議そうに見ていた。

「いつまで居《お》られますか」

「いえ、明日にも発《た》とうかと思っております」

「今度はいずれへ」

「甲府《こうふ》の方でも行ってみようかと」

「左様ですか。止めはしませぬが、またきっとここへ立ち寄るように」

「は……」

新九郎は頭を下げて答え、やがて奥向きを下がった。

もう日が落ち、行燈《あんどん》に灯《ひ》の入った部屋に戻り堅苦しい裃と袴を脱ぐと、初音が手早く畳んでくれた。

そして着流しに戻り、しばらく一人で待っていると夕餉の膳が運ばれてきた。

鯛《たい》の尾頭付きに煮物、銚子《ちょうし》も一本付いていた。

「お酒が足りなかったら仰《おつしや》って下さいませ」

「いや、一本で充分で」

新九郎は答え、初音の酌《しやく》で飲み、料理を摘《つま》んだ。初音の腰元姿は実に新鮮で彼は淫気を催した。

「飛翔様が、早く来たくてうずうずしております」

初音は、彼の淫気を察したように言った。

「そうか、飛翔様か……」

新九郎は答え、ここは初音より先に飛翔だなと思い股間を熱くさせた。

やがて銚子を空けて食事を済ませると、初音は床を敷き延べ、空膳を下げて出ていった。

休息して待つうち、やがて飛翔が静かに入って来た。さっきの男装のまま、彼の願い通り入浴もしていないらしい。

「夕餉は済ませたのですか」

「ええ、でもろくに喉《のど》を通らず、嬉しさに何も手につきませんでした」

飛翔が座って言い、早く抱きつきたくて気が急いているようだ。

もちろんこの一年、他の男とは縁を持っておらず、あくまで自分で慰《なぐさ》めていただけなのだろう。

「静乃を、うんと可愛がったのですね。あの子も生娘《きむすめ》だけれど、私のように頑丈なので、初回から感じたのでは……、口惜しい……」

飛翔が、妬心《としん》に身悶《みもだ》えるように言った。

「そんな話より、どうか脱ぎましょう」

新九郎は言って、自分から全て脱ぎ去り、激しく勃起した肉棒を晒して布団に仰向けになってしまった。

「はい、お待ちを……」

飛翔は素直に答え、脇差を置いて袴と着物を脱ぎ、みるみる引き締まった肢体を露《あら》わにしていった。

「静乃にしたことを全部して……、いえ、しなかったことまで何でも好きにして下さいませ……」

一糸まとわぬ姿になった飛翔が言い、添い寝してきた。

新九郎は彼女を仰向けにさせ、のしかかりながらチュッと乳首に吸い付き、もう片方を揉《も》みしだきながら張りのある膨らみに顔中を押し付けた。

「アア……」

飛翔はすぐにも熱く喘ぎ、クネクネと身悶えはじめた。

充分に味わってから、もう片方の乳首も含んで舌で転がすと、生ぬるく汗ばんだ胸元や腋から、甘ったるい匂いが漂ってきた。

肩や二の腕の筋肉は静乃より発達し、強い刺激に反応するので、たまにコリコリと前歯で乳首を愛撫してやった。

「あう……、もっと……」

飛翔は呻き、一年分の溜まりに溜まった淫気を一気に解消する勢いだった。

新九郎は左右の乳首を堪能《たんのう》し、腋の下にも鼻を埋め込んで嗅いだ。湿った腋毛にも、甘ったるい汗の匂いが濃厚に沁み付き、嗅ぐたびに刺激が一物に心地よく伝わっていった。

胸いっぱいに嗅いでから滑らかな肌を舐め降り、引き締まった腹部に舌を這わせ、臍《へそ》を舐め回して逞《たくま》しい腹に顔中を押し付けて弾力を味わった。

腰から引き締まった太腿へ降り、脚を舐め降りてまばらな体毛のある脛《すね》にも舌を這い回らせた。

「ああ……、どうか、そのようなところなど……」

飛翔が、早く肝心な部分を愛撫して欲しいように言ったが、彼は足裏に回り込んで舌を這わせ、指の股にも鼻を割り込ませて嗅いだ。

そこはジットリと汗と脂に湿り、蒸れた匂いが濃厚に籠もっていた。

新九郎は充分に嗅いでから爪先をしゃぶって指の間を舐め、両足とも味と匂いが薄れるほど貪り尽くしてしまった。

「あう……、汚いですから、どうか……」

飛翔は声を震わせながらも、次第に朦朧《もうろう》としていくようだった。

やがて彼は脚の内側を舐め上げ、股間に顔を進めていった。

五

「アア……、は、恥ずかしい……」

大股開きにさせ、張りのある内腿を舐め上げて陰戸に迫ると、飛翔が股間に新九郎の熱い視線と息を感じて喘いだ。

割れ目からはみ出した陰唇は、すでに大量の蜜汁にまみれ、指で広げると熱く濡れた膣口が襞を震わせていた。

ポツンとした尿口もはっきり見え、包皮の下からは大きめのオサネが光沢を放ってツンと突き立ち、愛撫を待っていた。

新九郎は、久々に飛翔の股間に顔を埋め込み、柔らかな茂みに鼻を擦りつけて嗅ぎ、汗とゆばりが混じって蒸れた、濃厚な匂いを胸いっぱいに吸い込みながら舌を這わせていった。

淡い酸味のヌメリが動きを滑らかにさせ、彼は膣口の襞をクチュクチュ掻き回し、淫水を掬《すく》い取りながらオサネまで舐め上げていった。

「ああッ……、い、いい……」

飛翔も一年ぶりに舐められ、激しく喘ぎながら身を仰け反らせ、張りのある内腿でムッチリときつく彼の両頬を挟み付けてきた。

舌先を、チロチロと上下左右に蠢かせ、溢れる蜜汁をすすり、さらに彼女の両脚を浮かせて尻に迫った。

薄桃《うすもも》色の蕾は枇杷《びわ》の先のように僅かに突き出て艶めかしく、鼻を埋めて嗅ぐと生々しい微香が籠もり、悩ましく鼻腔を刺激してきた。

充分に嗅いでから舌を這わせ、濡れた蕾にヌルッと潜り込ませて滑らかな粘膜を味わうと、

「く……、そこは堪忍《かんにん》……」

飛翔が羞恥に呻き、キュッと肛門で舌先を締め付けてきた。

新九郎は、内部で蠢かせて心ゆくまで味わった。

そして再び陰戸に戻って大洪水の蜜汁を舐め取り、オサネに吸い付いた。

「い、いきそう……、どうか、もう……」

絶頂を迫らせた飛翔が嫌々をして声を上ずらせ、やっとの思いで身を起こすと彼の顔を股間から追い出した。

入れ替わりに新九郎が仰向けになると、飛翔はお返しするように彼の股間に顔を寄せ、まずはふぐりを舐め回して睾丸《こうがん》を転がし、熱い息を籠もらせながら肉棒の裏側を舐め上げてきた。

唾液に濡れた舌が滑らかに裏筋をたどり、先端まで来ると幹《みき》に指を添え、粘液の滲《にじ》む鈴口《すずぐち》をチロチロと舐め回した。そして張りつめた亀頭を咥《くわ》えると、モグモグとたぐるように根元まで呑み込んでいった。

「ああ……」

新九郎は快感に喘ぎ、美女の口の中でヒクヒクと幹を震わせた。

飛翔も深々と頰張り、熱い鼻息で恥毛をそよがせながら、上気した頰をすぼめて吸い、ネットリと舌をからませてきた。

肉棒は生温かな唾液にまみれ、彼はズンズンと股間を突き上げた。

「ンン……」

喉の奥を突かれて飛翔が小さく呻き、合わせて顔を上下させ、濡れた口でスポスポと摩擦してくれた。

やがて充分に高まると、彼は飛翔の手を握って引っ張った。

彼女もスポンと口を離すと、導かれるまま素直に身を起こして前進し、一物に跨がってきた。

唾液にまみれた先端に陰戸を押し付け、位置を定めると息を詰め、久々の感触を味わうようにゆっくり腰を沈み込ませていった。

張りつめた亀頭が潜り込むと、あとは滑らかにヌルヌルッと根元まで嵌《は》まり込んでいった。

「アアッ……!」

飛翔がビクッと顔を仰《の》け反《ぞ》らせて喘ぎ、完全に股間を密着させて座り込んだ。

新九郎も肉襞の摩擦と温もり、きつい締め付けを感じながら快感を味わい、内部でヒクヒクと幹を震わせた。

やがて両手を伸ばして抱き寄せると、飛翔もキュッキュッと味わうように締め付けながら身を重ねてきた。

胸には張りのある乳房が押し付けられて心地よく弾《はず》み、恥毛が擦れ合い、コリコリする恥骨の膨らみも伝わってきた。

手を回して抱き留め、僅かに両膝を立てて尻の感触も味わい、新九郎は飛翔の重みと温もりを嚙み締めた。

下から唇を求めると、彼女もピッタリと重ね合わせ、舌を挿し入れると同時にチロチロとからみつけてきた。

生温かな唾液に濡れた舌が滑らかに蠢き、新九郎はヌメリをすすって快感を高めていった。

ズンズンと小刻みに股間を突き上げると、

「ンンッ……！」

飛翔が熱く呻き、反射的にチュッと強く彼の舌に吸い付いてきた。

そして突き上げに合わせ、彼女も腰を遣いはじめると、大量に溢れた淫水が律《りつ》動《どう》を滑らかにさせ、すぐにもクチュクチュと淫らな摩擦音が聞こえてきた。

「ああ……、いい気持ち……」

飛翔が口を離して喘ぎ、湿り気ある熱い息を吐いた。それは懐かしい、花粉のように甘い刺激が濃く含まれ、嗅ぐたびに胸が甘美な悦《よろこ》びに満たされた。

新九郎は高まりながら飛翔の喘ぐ口に鼻を押し付け、乾いた唾液の香りに混じる、甘い刺激の息で鼻腔を満たし、動きを強めていった。

「舐めて……」

囁くと、飛翔も喘ぎながら舌を這わせ、彼の鼻の頭と両の穴をヌルヌルにまみれさせてくれた。

「唾も……」

さらにせがむと、飛翔も懸命に唾液を分泌させ、口移しにトロトロと注ぎ込んできた。彼は生温かくネットリとした粘液を味わい、うっとりと喉を潤しながら絶頂を迫らせた。

すると先に飛翔の方が、ガクガクと気を遣る痙攣を開始したのだ。

「い、いっちゃう……、ああーッ……！」

声を上ずらせて膣内の収縮を活発にさせ、続いて新九郎も大きな快感とともに昇り詰めてしまった。

「く……」

短く呻きながら、熱い大量の精汁をドクンドクンと勢いよく柔肉の奥にほとば

しらせると、

「あう……、熱い……」

噴出を受け止めた飛翔が、駄目押しの快感を得て呻いた。

新九郎は心ゆくまで快感を嚙み締め、最後の一滴まで出し尽くしていった。

すっかり満足しながら徐々に動きを弱めてゆき、やがて力を抜いて身を投げ出すと、

「ああ……、良かったわ……」

飛翔も満足げに声を洩らし、肌の強《こわ》ばりを解きながらグッタリと彼にもたれかかってきた。

まだ膣内は貪欲にキュッキュッと締まり、過敏になった一物がヒクヒクと内部で震えた。すると彼女も敏感に反応し、押さえつけるようにキュッときつく締め上げてきた。

新九郎は荒い呼吸を繰り返している飛翔の口に鼻を当て、熱く甘い息を胸いっぱいに嗅ぎながら、うっとりと快感の余韻を味わった。

彼女は精根尽き果てたように体重を預けたまま、しばらくは起き上がれないようだった。

それでも、さすがに長く乗っているのは畏《おそ》れ多いのか、やがて身を起こした。

そろそろと股間を引き離し、横になりたいのを我慢して懐紙を手にすると、淫水と精汁に濡れた肉棒を包み込み、優しく拭い清めてくれた。

そして処理を終えると自分の陰戸も手早く処理し、チュッと亀頭を含んで鈴口を舐め回してくれた。

「あう……、も、もう……」

新九郎は腰をよじらせて言うと、ようやく飛翔も口を離し、ゴロリと横になって添い寝してきた。

「明日は、お発ちなのですか……。ずっと、ここにいてほしいのですが……」

「いえ、そうは参りやせんので」

「なぜ、大威張《おおいば》りで居て構いませんでしょうに、わざわざ苦労の多い旅など」

「それが、性に合った生き様なんでござんしょう」

新九郎は答え、ようやく呼吸を整えた。

「でも、また必ずお寄り下さいまし……」

飛翔も諦めたように言って身を起こし、やがて身繕いを終えると、彼の寝巻も整えて掻巻《かいまき》を掛けてくれた。

「では、おやすみなさいませ」

飛翔が頭を下げ、恭しく言った。

「明日は昼まで道場に行っております。昼餉まではいらっしゃいますね？」

「ええ、昼過ぎにでも発とうかと」

答えると、飛翔はやや安心したように頷いた。やがて彼女は静かに部屋を出て行き、新九郎も眠ることにしたのだった。

第六章　新たな快楽の旅立ち

一

「初音、千代様を抱けるかな」

翌日、朝餉《あさげ》を終えた新九郎は空膳を下げに来た初音に言った。

「ええ、もちろんです。こちらからお願いしようとしていたところですので」

初音も、願ってもいない様子で答えた。

「回復された殿も、日光へ行かれる前には千代様をお抱きになりました。すでに孕《はら》んでいるかも知れませんが、ここは念のため、新吾様にもして頂ければ安心なのです」

彼女が言う。やはり大名となると、少しでも多くの子がいた方が望ましいようだ。それに回復したとは言え、生来《せいらい》虚弱な高明は、またすぐどうなるかも分からないのである。

「では、また千代様には、新吾様を殿と思い込むよう術をかけておきます」

「あとで記憶を消すのなら、少々のことをしても構わないな？」

「要するに、いつもしていることですね。構いません。それから、済んだあとは湯殿も使えるようにしておきます。奥向きには誰も来ませんので」

初音はそう言い、部屋を下がっていった。

新九郎は期待しながら休息し、やがて再び初音が呼びに来た。

彼は着流しで部屋を出て、初音に案内されながら奥向きへと行った。

「では、湯殿はすぐ出て左ですので」

初音は言って下がり、新九郎は千代の寝所に入った。

すでに床《とこ》が敷き延べられ、寝巻姿の千代が座していた。新之丞は乳母《うば》が預かっているので、いるのは千代一人である。

「殿……、嬉《うれ》しゅうございます……」

千代が、顔を輝かせて迎えた。

初音の暗示により、髷《まげ》が違っていても新九郎を高明と思い込み、すでに江戸藩邸にいないことも忘れているようだ。

新九郎は、寝所に籠《こ》もる生ぬるい匂いを感じながら全裸になった。

千代の寝巻も脱がせ、一糸《いっし》まとわぬ姿にさせて布団に横たえた。

すでに一物《いちもつ》は最大限に勃起している。何しろ新九郎の知る女たちの中で、他藩の大名の娘である千代は、最も高い位にいるのだから、その微《かす》かな緊張も期待に拍車をかけていた。

新九郎は添い寝し、柔らかく形良い乳房《ちぶさ》に迫った。

すると、甘ったるい匂いが感じられ、濃く色づいた乳首からはポツンと白濁した乳汁が滲《にじ》み出ているではないか。

彼は興奮を高めながら、嬉々として乳首に吸い付き、顔中を張りのある膨《ふく》らみに押し付けながら舌で転がした。

雫《しずく》は特に味もないが、さらに吸い出そうと乳首の芯《しん》を唇《くちびる》で強く挟み付けると、徐々に生ぬるい乳汁が分泌《ぶんぴつ》されて舌を濡らしてきた。

ようやく薄甘い味わいが感じられ、彼は吸い出しては飲み込んでうっとりと喉《のど》を潤《うるお》した。

いったん要領が分かると続けざまに吸い出して飲み、千代も息を弾《はず》ませて無意識に自ら乳房を揉《も》んで分泌を促した。

「ああ……、お飲みになっているのですか……」

千代が朦朧《もうろう》としながら喘《あえ》ぎ、飲み込んでいるうち心なしか膨らみの張りが和《やわ》らいできたように思えた。

もう片方の乳首も含んで吸うと、新鮮な乳汁が出て来た。

飲み込むたび、甘い匂いとともに甘美な悦《よろこ》びが胸いっぱいに広がった。

新九郎は左右の乳首を充分に味わい、あらかた吸い出してから彼女の腕を差し上げ、腋《わき》の下にも鼻を埋め込んで嗅いだ。

和毛は汗に湿り、また乳汁とは微妙に異なる甘ったるい匂いが悩ましく鼻腔を満たしてきた。

彼は胸いっぱいに姫君の体臭を満たし、白く滑《なめ》らかな肌を舐《な》め降りていった。

「アア……」

千代は熱く喘ぎ、ヒクヒクと肌を震《ふる》わせた。当然ながら、高明からは細やかな愛撫《あいぶ》など受けていないだろう。

千代は、まるで生娘《きむすめ》のように、肌のどこに触れてもビクッと新鮮な反応を示して息を弾ませた。

新九郎は形良い臍《へそ》を舐め、張りのある腹部に顔を押し付けて弾力を味わい、腰からムッチリした太腿《ふともも》へ降り、足を舐め降りていった。

足首まで行くと足裏に回り、踵《かかと》から土踏まずに舌を這《は》わせ、指の股《また》に鼻を割り込ませて嗅《か》いだ。

当然あまり歩き回らないが、それでも指の間は汗と脂の湿り気があり、ほんのり蒸《む》れた芳香が沁《し》み付いていた。

貪《むさぼ》るように嗅いでから爪先《つまさき》をしゃぶり、綺麗な桜色の爪の先をそっと噛《か》み、全ての指の股に舌を挿《さ》し入れて味わった。

「あう……、殿……」

千代が呻《うめ》き、足指を縮めたが、もとより初音の術が効いているので抵抗感はなく、快感だけを受け止めているようだ。

新九郎は両足とも味と匂いを堪能《たんのう》してしゃぶり尽くし、やがて千代をうつ伏せにさせた。

やはり千代は隅々まで味わってみたかったのだ。

踵から脹《ふく》ら脛《はぎ》を舐め、ほんのり汗ばんだヒカガミから太腿、尻の丸みをたどって腰から滑らかな背中に舌を這わせると、うっすらと汗の味がした。

夜に身を清めて殿を迎えるのと違い、昼間だから湯浴《ゆあ》みもせず、正室とはいえナマの匂いを籠もらせていた。

肩まで行ってうなじを舐め、耳の裏側の汗の匂いを嗅いで舌を這わせ、再び背中を舐め降りて尻に戻っていった。

うつ伏せのまま股を開かせて真ん中に腹這い、両の指でムッチリと谷間を開くと、可憐《かれん》な薄桃《うすもも》色の蕾《つぼみ》がひっそり閉じられていた。

鼻を埋め込むと、顔中にひんやりした双丘が心地よく密着して弾み、蕾に籠もった秘《ひ》めやかな匂いが悩ましく鼻腔を刺激してきた。

新九郎は匂いを貪ってから舌を這わせて襞《ひだ》を濡らし、潜《もぐ》り込ませてヌルッとした滑らかな粘膜《ねんまく》を探った。

「く……」

千代が顔を伏せたまま呻き、肛門でキュッと舌先を締め付けてきた。

彼は舌を蠢《うごめ》かせ、充分に味わってから顔を上げ、再び千代を仰向《あおむ》けにさせた。

寝返りを打った彼女の片方の脚をくぐり、白く滑らかな内腿を舐めて股間に迫ると、すでにそこは熱い淫蜜に潤っていた。

指で広げると花弁《かべん》状に襞のいりくむ膣口が息づき、小粒のオサネも光沢を放って突き立っていた。

彼は堪《たま》らずに顔を埋め、柔らかな茂《しげ》みに鼻を擦《こす》りつけて嗅いだ。

隅々《すみずみ》には甘ったるい汗の匂いと、ほのかなゆばりの刺激が混じって鼻腔を掻《か》き回してきた。

新九郎は胸いっぱいに嗅ぎながら舌を挿し入れ、膣口の襞を舐め回した。

生温かなヌメリは淡い酸味を含んで舌の動きを滑らかにさせ、彼は柔肉をたどってオサネまで舐め上げていった。

「アア……」

千代がか細く喘ぎ、しかしキュッときつく内腿で彼の顔を挟み付けてきた。

新九郎はもがく腰を抱え込んで押さえ、チロチロと舌先で弾《はじ》くようにオサネを舐めては、溢《あふ》れる蜜汁をすすった。

彼女はヒクヒクと下腹を波打たせ、すでに何度か小さく気を遣《や》っているようだった。

しかし完全に果ててしまう前に、新九郎はいったん股間を這い出して彼女に添い寝していった。

「さあ……」

促し、千代の喘ぐ口に乳首を押し付けると、彼女もチュッと吸い付き、熱い息で肌をくすぐりながらチロチロと舐め回してくれた。

「ああ……、嚙んでくれ……」

新九郎が喘ぎながら言うと、千代も綺麗な歯並びでキュッと軽く乳首を嚙んできた。

「もっと強く……」

さらにせがむと、術が効いているので千代もやや力を込めて刺激してくれた。

両の乳首を舌と歯で愛撫してもらい、彼女の顔を下方へ押しやると、素直に移動して股の間に腹這いになった。

「ここを……」

彼は自ら両脚を浮かせて尻を突き出すと、千代も厭《いと》わずチロチロと肛門を舐め回し、浅く潜り込ませてきた。

「あう……」

新九郎は、高明に済まないと思いつつ、そんな禁断の感情すら快感になってゾクゾクと胸を震わせた。彼は千代の舌先を肛門でモグモグと締め付けて味わい、ふぐりをくすぐる息にうっとりとなった。

千代の舌が内部で蠢くと、勃起した一物は内部から刺激されるようにヒクヒクと上下した。

ようやく彼が脚を下ろすと、千代も自然に舌を引き離し、そのままふぐりを舐め回してくれた。二つの睾丸《こうがん》を転がし、今度は熱い鼻息が肉棒の裏側をくすぐってきた。

そして誘うように幹《みき》を震わせると、いよいよ千代も自分から幹の裏側をゆっくり舐め上げてくれたのだった。

二

「ああ……、気持ちいい……」

新九郎は、高明のふりも忘れて快感に喘いだ。

千代は先端まで舐め上げると、震える幹を指で支え、粘液の滲む鈴口《すずぐち》をチロチロと舐め回し、張りつめた亀頭にしゃぶり付いてきた。

そして丸く開いた口でスッポリと根元まで呑み込むと、上気した頰《ほお》をすぼめて吸い付き、幹を丸く締め付けた。

熱い鼻息が恥毛《ちもう》をくすぐり、口の中ではクチュクチュと舌がからみつき、たちまち彼自身は生温かく清らかな唾液《だえき》にどっぷりと浸《ひた》った。

小刻みに股間を突き上げると、

「ンン……」

千代は小さく呻きながらも合わせて顔を上下させ、可憐な口でスポスポと強烈な摩擦を繰り返してくれた。

やがて新九郎も充分に高まり、彼女の手を握って引き寄せた。

「さあ、上から入れてごらん」

「殿を跨《また》ぐなど……」

言うと千代は尻込みしたが、とうとう引っ張られるまま前進してきた。

恐る恐る一物に跨がると、彼は下から先端を陰戸《ほと》に押し付けた。すると千代も位置を合わせ、息を詰めてゆっくりと腰を沈み込ませていった。

張りつめた亀頭が潜り込むと、あとは重みと潤いで滑らかにヌルヌルッと根元まで受け入れた。

「アアッ……」

千代が顔を仰《の》け反《ぞ》らせて喘ぎ、ぺたりと座り込んで股間を密着させた。もちろんここまで来れば、もう痛みはないだろう。

新九郎も、きつい締め付けと温《ぬく》もり、肉襞の摩擦に高まった。

まだ動かずに見ると、また濃く色づいた乳首から乳汁の雫が浮かんでいる。

「絞《しぼ》り出してくれるか……」

上体を引き寄せながら言うと、千代も両の乳首を指で摘《つま》み、彼の顔に胸を突き出して搾《しぼ》ってくれた。

ポタポタと滴《したた》る白濁の雫を舌に受けると、さらに無数の乳腺から霧《きり》状になった飛沫《ひまつ》が彼の顔中に生ぬるく降りかかってきた。

「ああ……」

新九郎は、甘ったるい匂いに包まれて喘ぎ、彼女を抱き寄せて顔を上げ、左右の乳首を交互に吸って新鮮な乳汁で喉を潤した。

さらに下から唇を重ね、舌を挿し入れて滑らかな歯並びを舐めると、彼女も口を開いて舌を触れ合わせてきた。滑らかに蠢く舌を舐め、清らかな唾液をすすりながら、彼はズンズンと小刻みに股間を突き上げはじめた。

「く……、アアッ……!」

千代が口を開いて喘ぎ、甘く上品な息が悩ましく鼻腔を刺激してきた。

すると言う前から千代は、彼の顔中を濡らした乳汁を舐め取るように舌を這わせてきたのである。

新九郎は次第に激しく股間を突き上げ、千代の唾液と吐息と乳汁の匂いの悩ましい渦《うず》の中で高まっていった。

彼女も大量の淫水を漏《も》らして律動《りつどう》を滑らかにさせ、ピチャクチャと摩擦音を立てながら腰を遣った。

もう堪らず、彼は昇《のぼ》り詰めてしまった。

「う……」

突き上がる絶頂の快感に呻きながら、熱い大量の精汁をドクンドクンと勢いよく千代の内部にほとばしらせた。

「アア……、殿……」

千代も噴出を感じて声を洩《も》らし、彼の快感が伝わったようにガクガクと狂おしい痙攣《けいれん》を起こして気を遣った。

膣内の収縮も最高潮になり、新九郎は心置きなく最後の一滴まで中に出し尽くしていった。

満足しながら突き上げを弱めていくと、

「ああ……」

千代も力尽きたように喘ぎ、グッタリともたれかかってきた。

彼は重みと温もりを受け止め、まだヒクヒクと収縮する内部で幹を過敏に震わせ、甘くかぐわしい口の匂いに酔いしれながら、うっとりと快感の余韻《よいん》を嚙み締めたのだった。

またこの子種が命中し、来年には二人目が生まれるのかも知れない。

あるいはすでに高明の子が中にいるのかも知れないが、それらは全て神のみぞ知る、である。

重なったまま荒い呼吸を繰り返していた千代だったが、やがてそろそろと股間を引き離して横になった。

「では、一緒に湯殿へ行こう」

息遣《いきづか》いを整えると彼は言い、身を起こして千代を支えながら立ち上がった。

せっかく初音が、湯殿も使って良いというので、互いに全裸のまま寝所を出ると、そのまま湯殿へと移動した。

洗い場の簀《す》の子《こ》に座ると、新九郎は手桶《ておけ》でぬるい湯を汲んで互いの股間を洗い流した。

「立てるかな」

彼は言い、自分は座ったまま目の前に千代を立たせた。

そして彼女の片方の足を浮かせて風呂桶のふちに乗せさせ、開かれた股間に顔を押し付けた。

洗ったので、もう恥毛に籠もっていた匂いの大部分は薄れてしまったが、それでも舐めると新たな蜜汁が溢れてきた。

「ゆばりを放ってくれ」

「そんな……」

股間から囁《ささや》くと、千代が驚いたように答えて尻込みしたが、なおも柔肉を舐め回しオサネに吸い付くと、

「アア……、そんなに吸ったら本当に出てしまいます……」

彼女はガクガクと膝《ひざ》を震わせて言い、徐々に尿意が高まってきたようだった。

新九郎が期待しながらなおも愛撫を続けていると、中の柔肉が迫り出すように盛り上がり、温もりと味わいが変わった。

すると、間もなくチョロチョロと弱々しい流れが滴って来たのだ。

「あう……、い、いけません……」

千代は息を詰めて言い、慌《あわ》てて止めようとしたが、いったん放たれた流れは止めようもなく、さらに勢いを増して彼の舌に注がれてきた。

味も匂いも実に淡《あわ》く上品で、飲み込むにも何の抵抗もなかった。

それでも勢いが強くなると、口から溢れた分が温かく彼の胸や腹を伝い流れ、ムクムクと回復している一物が心地よく浸された。

「ああ……」

千代はガクガクと脚を震わせながら、彼の口に泡立つ音を聞くたび切なげに声を洩らした。

やがて勢いが衰《おとろ》え、出し切るとあとはポタポタと滴るだけとなり、それに淫水が混じってツツーッと糸を引くようになってきた。

新九郎は残り香の中で念入りに内部を舐め回し、ようやく彼女の足を下ろしてやった。

千代は立っていられず、力尽きたようにクタクタと座り込み、それを抱き留めながら彼はもう一度割れ目を洗い流してやった。

そして支えながら引き立たせ、互いの身体を拭いて湯殿を出ると、再び全裸のまま彼女の寝所へと戻ったのだった。

もちろん彼も回復し、もう一回出さずにはいられなかった。

新九郎は千代の股間に顔を埋め込み、自分は彼女の顔に跨がった。

二《ふた》つ巴《どもえ》の体位になり、先端を千代の口に押し付けると、彼女もスッポリと喉の奥まで呑み込んで吸い付いた。

新たな淫水をすすってオサネを舐めると、

「ンン……」

千代も感じて呻き、反射的にチュッと強く亀頭に吸い付いてきた。

熱い鼻息がふぐりをくすぐり、彼はこのまま果てて飲んでもらいたい衝動に駆られた。

しかし、やはり放つのは彼女の内部が良いだろう。少しでも多くの精汁を中に出し、孕んでもらうのが藩のためにも一番良いのである。

新九郎は根元まで深々と押し込み、千代の生温かな口の中を味わった。

彼女も懸命に幹を丸く締め付けて吸い、クチュクチュと舌をからめて愛撫し、肉棒を清らかな唾液にまみれさせた。

やがて彼は充分に高まり、千代もまた割れ目内部を淫水で満たしていった。

新九郎は彼女の口からゆっくり一物を引き抜き、舌を離し身を起こして向き直った。

仰向けの千代に本手（正常位）で迫り、股間を進めていった。

急角度に勃起した幹に指を添えて下向きにさせ、唾液にまみれた先端を濡れた陰戸に押し当てた。

位置を定めてゆっくり挿入してゆくと、張りつめた亀頭が潜り込み、あとはヌルヌルッと滑らかに根元まで呑み込まれていった。

三

「アアッ……、殿……！」

深々と貫き、股間を密着させた新九郎が身を重ねていくと、千代が熱く喘いで下から両手でしがみついてきた。

二度目だから、さっきより快感も高まり、すぐにも気を遣りそうなほど膣内の収縮が活発になっていた。

勿体《もったい》ないのでまだ動かず、彼は屈《かが》み込んで乳首に吸い付いた。

また新たな乳汁が滲んできたが、新之丞の分がなくなってしまうと困るので、彼は少し味わっただけで止《や》めておいた。

左右の乳首を交互に含んで舐め回し、白い首筋を舐め上げて唇に迫った。

形良い口が開き、鼻を押し込んで嗅ぐと、中は熱く湿り気が満ち、甘く控えめな芳香が籠もっていた。

物足りないほど淡い匂いを貪り、さらに唇を重ねて舌を挿し入れ、滑らかな歯並びをたどってから舌をからめていった。

そして唾液と吐息を吸収しながら、徐々に腰を突き動かしていくと、

「ンン……」

千代も熱く鼻を鳴らし、しがみつく両手に力を込めてきた。

いったん動くとあまりの快感に腰が止まらなくなり、次第に新九郎は調子をつけて律動しはじめた。

溢れる蜜汁に動きが滑らかになり、揺れてぶつかるふぐりも生温かく濡れた。

やがて彼女も合わせてぎこちなく腰を突き上げはじめると、クチュクチュと微かな摩擦音も聞こえてきた。

新九郎の胸の下では張りのある乳房が押し潰れて弾み、滲んだ乳汁が彼の肌を濡らした。柔肌が吸い付き、恥毛が擦れ合い、コリコリする恥骨の膨らみも伝わってきた。

「ああッ……！」

千代が、耐えきれなくなったように口を離し、顔を仰け反らせて喘いだ。開いた口の中で、煌《きら》めく唾液が上下に糸を引いて何とも艶《なま》めかしい。

新九郎も、千代の吐き出す上品な口の匂いに刺激され、急激に絶頂を迫らせていった。

果ては正室への気遣いも忘れて股間をぶつけるように動き続けると、

「く……、と、殿……」

先に千代が気を遣ったらしく、口走りながらヒクヒクと肌を震わせはじめた。

膣内の収縮も最高潮になり、新九郎も遠慮なく昇り詰め、大きな快感に全身を貫《つらぬ》かれた。

「く……！」

彼は絶頂とともに短く呻き、ありったけの熱い精汁をドクンドクンと勢いよく柔肉の奥にほとばしらせてしまった。

「あう……！」

噴出を感じたらしい千代は呻き、駄目押しの快感にキュッときつく締め付けてきた。新九郎は摩擦快感を味わいながら、心置きなく最後の一滴まで出し尽くしていった。

すっかり満足すると、彼は徐々に動きを弱めてゆき、力を抜いて千代の柔肌《やわはだ》にもたれかかっていった。

「アア……」

千代も小さく声を洩らし、肌の強《こわ》ばりを解いてグッタリと四肢を投げ出した。

乳母日傘《おんばひがさ》育ちの千代も、他の女たちの例に洩れず、膣内は満足げに、あるいは名残惜しげな収縮を繰り返し、刺激された一物が内部でヒクヒクと過敏に反応していた。

新九郎は、千代の吐き出す甘い息を嗅ぎながら、うっとりと快感の余韻を味わい、呼吸を整えていった。

そしてそろそろと股間を引き離すと、

「失礼いたします」

声がかかり、襖《ふすま》が開いて静かに初音が入ってきた。

懐紙を手にし、まず新九郎の一物を包み込み、淫水と精汁を丁寧に拭き取ってくれた。

「では、あとは私が」

言われて頷《うなず》き、新九郎は立ち上がって着流しを羽織り、寝所を出ていった。

一人で部屋に戻ると彼は休息し、出立の荷を確認して揃《そろ》えた。

と、そこへ初音が入ってきた。

「千代様は大丈夫か」

「はい、新吾様に抱かれたとは夢にも思わず、すでにお国許へ戻った殿と、夢の中で交《まじ》わったとでも思っております」

「そうか」

「今日お発《た》ちですね。どちらの方へ」

「甲州街道《こうしゆうかいどう》を行こうかと思う」

「今日は天気が崩《くず》れそうですよ」

「夕立なら、なおさら通り名に相応《ふさわ》しい」

「左様ですか。これは、佐枝様から」

初音が紙包みを差し出してきた。

「そんな恵まれた渡世人《とせいにん》があるものか。何か新之丞様に買ってやると良い」

「いいえ、ご母堂様のご心配もお察し下さいませ」

初音が強引に手渡してきた。仕方なく受け取ると、重さからしてどうやら一両入っているようだ。

「昼餉《ひるげ》は召し上がってからお発ちになりますね」

「ああ、どうしようか。昼過ぎになると、飛翔さんが道場から帰ってきて求めてきそうだ」

「では、求めてこないよう私が止めますか」

「いや、それは……」

新九郎が言うと、彼の淫気の強さを知っている初音は笑みを洩らした。

「して差し上げればよろしいでしょう。旅に出れば、またしばらく女日照《ひで》りなのですから」

言われて、結局新九郎も腰を据えてしまった。そして少し早めの昼餉を済ませると、間もなく飛翔が戻ってきて彼の部屋を訪ねて来たのだった。

四

「ああ良かった。まだお発ちになっていませんでしたね」

一物の方は勃《た》っているのだが、むろんそんな冗談は言わず、新九郎は彼女を迎えた。

飛翔は稽古《けいこ》を済ませると、刺し子《さこ》の稽古着姿のまま急いで帰宅し、昼餉も済ませずに来たようだった。

だから肌も汗ばんだままで、飛翔が部屋に入って来ただけで生ぬるく甘ったるい匂いが悩ましく立ち籠めた。

「そろそろ発とうと思いやす」

「そんな、ほんの少しだけで良いので……」

彼が誘いをかけるように言うと、飛翔が熱っぽい眼差《まなざ》しで答え、にじり寄ってきた。

新九郎も淫気を高めて彼女を抱きすくめ、熱烈に唇を重ねていった。

「く……」

飛翔が歓喜に声を洩らしながら強く密着させ、しがみついてきた。

新九郎も舌を挿し入れ、生温かな唾液にまみれた美女の舌を舐め回し、花粉臭の刺激を含んだ熱い息を嗅ぎながら、稽古着の上から彼女の乳房を揉みしだきはじめた。

「ああッ……、どうか……」

息苦しくなったように、飛翔が口を離して言った。

そして、いったん離れるともどかしげに袴と稽古着を脱ぎはじめていった。

新九郎も再び着流しを脱ぎ去り、隅《すみ》に畳んであった布団を敷き延べると、同じく全裸になった飛翔を横たえた。

「ああ、恥ずかしい。こんなに汗をかいて……」

彼女は言ったが、新九郎は上からのしかかり、乳首に吸い付いて舌で転がし、立ち昇る甘ったるい匂いに酔いしれた。

左右の乳首を舐め回し、前歯で刺激すると、

「あう……、もっと……」

たちまち飛翔は夢中になり、せがみながらクネクネと身悶《みもだ》えた。

新九郎も汗ばんだ肌を舐め、腋の下にも鼻を埋め込んで嗅ぎ、濃厚な汗の匂いに噎《む》せ返った。

移動して脚を舐め降り、指の股にも鼻を割り込ませ、ムレムレになった匂いを貪り、爪先をしゃぶった。

「どうか、そんなところより……」

飛翔が淫気を高まらせて言い、彼も脚の内側を舐め上げ、滑らかな内腿をたどって股間に迫っていった。

割れ目からはみ出した花びらは、すでにネットリと大量の蜜汁にまみれ、愛撫を待って息づいている。

新九郎も顔を埋め込み、柔らかな茂みに籠もった汗とゆばりの匂いを吸い込んで、舌を挿し入れていった。中は淡い酸味のヌメリが満ち、彼は膣口からオサネまで舐め上げた。

「アア……、いい気持ち……」

飛翔が喘ぎ、内腿で彼の顔を挟み付けた。

彼もオサネを舐め回してから飛翔の両脚を浮かせ、尻の谷間にも鼻を埋めて蕾に籠もる匂いを貪った。

蒸れた微香を嗅いで興奮を高め、舌を這わせてヌルッと潜り込ませた。

「く……、どうか、そこは……」

彼女が呻き、肛門で舌を締め付けてきた。

新九郎は粘膜を味わいながら舌で探り、ようやく前も後ろも堪能してから股間を離れた。

すかさず彼女が身を起こし、仰向けにさせた新九郎の股間に屈み込んできた。

張りつめた亀頭を咥《くわ》えてスッポリと根元まで呑み込み、頬をすぼめて吸った。

さらに舌がクチュクチュとからみ、熱い息が股間に籠もった。

「ああ……」

新九郎が快感に喘ぎ、飛翔の口の中でヒクヒクと幹が震えると、さらに喜ぶように吸引と舌の蠢きが活発になった。

すっかり高まると、彼は飛翔の手を引っ張って跨がせた。

彼女も悪びれず素直に前進して一物を跨ぐと、自ら濡れた陰戸を先端に押し当ててきた。

位置を定めてゆっくり腰を沈めると、一物はヌルヌルッと滑らかに根元まで嵌まり込んでいった。

「ああ……、いい……、奥まで感じる……」

飛翔が顔を仰け反らせて喘ぎ、完全に座り込むと、密着した股間をグリグリと擦りつけるように動かしてきた。

膣内は味わうようにキュッキュッと締まり、やがて彼女が身を重ねてきた。

新九郎も両手で抱き留め、両膝を立てて温もりと感触を味わった。

「一緒に行きたい。許されるなら……」

上から近々と顔を寄せると、感極まったように飛翔が熱く囁いた。

むろん藩士の身で勝手は出来ない。

彼が下から唇を重ね、舌を挿し入れると、

「ンンッ……」

飛翔は熱く鼻を鳴らし、痛いほど強く吸い付いてきた。そして自分から、股間をしゃくり上げるように動かしはじめた。

新九郎もズンズンと股間を突き上げ、何とも心地よい肉襞の摩擦と締め付けに高まった。

大量の淫水が溢れてピチャクチャと音が響き、次第に互いの動きが一致して勢いを増していった。

「唾《つば》を……」

言うと、彼女も懸命に分泌させ、白っぽく小泡の多い唾液をトロリと吐き出してくれ、舌に受けた彼はうっとりと味わい、喉を潤した。

「顔中にも」

さらにせがむと、飛翔も快感の高まりに乗じ、大胆にヌラヌラと舌を這わせ、と言うより吐き出して垂らした唾液を舌で塗り付けてくれた。

たちまち彼の顔中は、美女の唾液でヌルヌルにまみれた。

花粉臭の吐息に唾液の香りが混じり合い、悩ましく鼻腔を刺激されながら彼は勢いをつけて動き、絶頂を迫らせた。

「い、いきそう……、奥が、熱いわ……」

飛翔も声を上ずらせて口走り、膣内の収縮を活発にさせた。

たちまち新九郎は昇り詰め、大きな快感に全身を包まれた。

「く……」

呻きながら、ありったけの熱い精汁を勢いよく中にほとばしらせると、

「い、いく、気持ちいい……、ああーッ……！」

噴出を感じた飛翔も同時に声を上げ、ガクガクと狂おしい絶頂の痙攣を開始したのだった。

高まる収縮と摩擦の中、新九郎は心ゆくまで快感を味わい、最後の一滴まで出し尽くしていった。

やがて満足して動きを弱めていったが、飛翔の方は何度も何度も絶頂の波に襲われ、息も絶えだえになりながらグッタリと体重を預けてきた。

彼女の全身から力が抜けても、まるで離すまいとするかのように締め付けはいつまでも続き、新九郎は重みと温もりの中で呼吸を整えた。

膣内の一物は過敏にヒクヒクと震え、応えるように彼女もキュッキュッと締め付けてきた。

新九郎は身を投げ出し、美女の唾液と吐息の匂いに包まれながら、うっとりと快感の余韻を噛み締めたのだった。

これで、江戸での快楽もしばらくは味わえないだろう。

失神したように力が抜けていた飛翔も、ようやくノロノロと身を起こし、股間を引き離してゴロリと添い寝していった。

と、外からはポツポツと軒《のき》を叩く雨音が聞こえてきた。

「ああ……、明日になさったらいかがです……」

「いえ、そろそろ」

彼が答えると、飛翔は起き上がって懐紙を取り、手早く陰戸を拭《ふ》き清めてから屈み込み、淫水と精汁に濡れた一物をしゃぶって綺麗にしてくれた。

「あう……、どうか、もう……」

新九郎は腰をよじって言い、自分も身を起こした。

「では、お見送りのため着替えて参りますね……」

飛翔は顔を上げ、泣くのを堪《こら》えるように気丈に言った。

そして急いで稽古着と袴《はかま》を着けると、部屋を出て行った。

新九郎は、水も浴びず美女の匂いを残したまま発つことにした。初音が用意してくれた真新しい下帯と襦袢《じゅばん》を着け、股引《ももひき》と足袋《たび》を履いた。手甲脚絆《てっこうきゃはん》を着けて着物を羽織ると、帯を締めて裾《すそ》を端折《はしょ》った。

三度笠《さんどがさ》と合羽《かっぱ》と振り分け荷物、そして長脇差《ながどす》を持って部屋を出ると、

「どうか、佐枝様のお部屋へ」

初音が出てきて言うので、新九郎も挨拶《あいさつ》に行った。

「過分なお心付け、有難《ありがと》うございます」

「雨のようですね。明日に延ばしたらいかがでしょう」

佐枝は、飛翔と同じことを言った。

傍《かたわ》らには、新之丞を抱いた千代もいて、さらに高明からもらった張り子の狗《いぬ》を手にしていた。

「いえ、雨などどこに行っても同じことですので」

「左様ですか。では、また必ずここへ来ることを約束して下さいね」

佐枝が言い、新九郎も辞儀《じぎ》をして奥向きを辞した。

初音が、やはり勝手口ではなく表玄関へと彼を招いた。

そこで草鞋《わらじ》を履き、長脇差を腰に帯びると合羽を羽織った。

すると江戸家老に家臣たち、男装に戻った飛翔も見送りに出てきた。

新九郎は外に出て、門の前で振り返り、一同に辞儀をしてから三度笠を被《かぶ》り、顎紐《あごひも》を結んだ。

「では皆様お達者《たっしゃ》で」

言うと、彼は門前を離れて雨の中を歩きはじめた。

すると途中、昨日会った岡っ引きがいた。今も、出てゆく彼の様子を見ていたのだろう。

「い、いってえ、あなた様はどういうお人なんで……」

岡っ引きが、一緒に歩きながら不思議そうに言う。

「ああ、あのお屋敷が、渡世人を匿《かくま》っている大名と思われるのも迷惑でやすね。有り体に申しますと、あっしはここのお殿様の双子の弟なんで」

「え……！」

言うと、岡っ引きは目を丸くした。

「あ、あの桔梗紋《ききょうもん》の、前林様の……？」

「ええ、ですからご不審は拭《ぬぐ》い去っておくんなせえ」

「そんな……、洒落《しやれ》がきつすぎるぜ。殿様の弟君が渡世人なんて……」

「遊び人のお奉行もいるこって、じゃ、御免なすって」

新九郎は言うと、足早に歩きはじめた。もう岡っ引きは追ってこず、急に雨脚が強くなったので近くの軒下に駆けていった。

一人になった新九郎は、まずは神田から四ッ谷《よや》を抜け、内藤新宿《ないとうしんじゆく》へと向かっていった。

今度の旅は、内藤新宿から、高井戸《たかいど》、府中《ふちゆう》に日野《ひの》を越え、勝沼《かつぬま》方面にまで足を延ばしてみようと思っていた。

もう初冬の風が冷たく、雨も激しくなってきたが、西空は明るく雲も流れているので、じきに止む夕立のようだった。

五

「あの鳥どっから追ってきた……」

と、鳥追《とりお》いの歌が三味《しやみ》の音とともに聞こえてきて、新九郎は耳を澄ませた。

ここは石原《いしわら》の街道筋にある荒れ寺。もう雨は上がっている。

無人の庫裡《くり》で囲炉裏《いろり》に火を点《つ》けて、彼は途中の茶店で買った握り飯で夕餉を終えたところだった。

すると戸が開いて、歌の主が入って来た。

「まあ、お小遣いがあるのに旅籠《はたご》に泊まらないのですか」

初音が言い、三味線を置いて座った。今までの腰元姿と違い、鳥追いの姿なので、実に久々で新鮮に映った。

「ああ、渡世人にはこうしたところの方が落ち着くんで」

「そうですか。お付き合い致します」

「一体、いつまで監視と護衛をするつもりですかい。もう殿にお子が出来たのだから、お家は安泰でしょうに」

「新さんが生きている限り」

初音は笑顔で答えた。

もとより素破《すっぱ》上がりの彼女は、佐枝の命で常に新九郎のそばにいることになっている。彼が嫌だと言っても、初音はいつまでも見え隠れしながらついてくるのだろう。

新九郎は、彼女を見てたちまち熱い淫気を催してしまった。

やはり堅苦しいお屋敷の中より、こうした荒れた場所の方が性に合っているのだろう。

彼は立ち上がって着物を脱ぎ、筵《むしろ》の上に敷いた。さらに襦袢と下帯も解《と》いて全裸で仰向けになった。

「もうこんなに勃って……。いくらしても、し足りないのですね」

「初音がいちばん好きなもので」

「そんなお上手は要《い》りません」

言いながら初音も立ち上がって帯を解き、手早く脱ぎ去ってしまうと、囲炉裏の火に白い肌が艶めかしく映し出された。

荒れ寺だと、何やら初めて初音に会って情交した日のことを思い出した。

「足を顔に」

「まあ、またそのようなことを……」

言うと、初音は呆《あき》れたように言いながらも、彼の顔の横に立ち、ためらいなく足裏を乗せてくれた。言えば無条件に従ってくれるので、これも他の女とは違うところである。

新九郎は顔に乗せられた足裏を舐め、指の股に鼻を割り込ませて嗅いだ。

さっきまで腰元だったが、急いで歩いてきたので蒸れた匂いが濃かった。

彼は爪先をしゃぶり、汗と脂の湿り気を味わい、足を交代してもらった。

初音はよろけることもなく、適度な重みで踏んでくれ、彼はそちらも味と匂いを貪り尽くした。

足首を摑《つか》んで顔を跨がせると、初音はためらいなく、厠《かわや》に入ったようにゆっくりしゃがみ込んでくれた。

両足がムッチリと張り詰め、ぷっくりした割れ目が鼻先に迫り、熱気と湿り気が顔中を包み込んだ。

はみ出した陰唇が僅《わず》かに開き、息づく膣口と光沢あるオサネが覗《のぞ》いていた。

新九郎は腰を抱き寄せ、柔らかな茂みに鼻を擦りつけ、隅々に沁み付いた汗とゆばりの匂いで鼻腔を満たした。

胸いっぱいに嗅ぎながら舌を挿し入れ、膣口をクチュクチュ掻き回すと、すぐにも淡い酸味のヌメリが溢れてきた。

そのままオサネまで、味わうようにゆっくり舐め上げていくと、

「アアッ……」

初音が熱く喘ぎ、ヒクヒクと白い下腹を波打たせた。

新九郎はチロチロとオサネを舐め、チュッと吸い付いては、次第にトロトロと大量に溢れてくる淫水をすすった。

さらに尻の真下に潜り込み、顔中にひんやりした双丘の丸みを感じながら、谷間の蕾に鼻を押し付け、汗の匂いに混じる生々しい微香を嗅いで悩ましく鼻腔を刺激された。

充分に嗅いでから舌を這わせて襞を濡らし、ヌルッと潜り込ませて滑らかな粘膜を探ると、

「あう……！」

初音が呻き、キュッときつく肛門で舌先を締め付けてきた。

新九郎は中で執拗《しつよう》に舌を蠢かせ、やがて彼女の前も後ろも味わってから舌を引き離した。

すると心得たように初音が股間を上げて移動し、彼の股に屈み込んできた。

まずは新九郎の両脚を浮かせると、熱い息を籠もらせながら厭わず肛門を舐め回し、ヌルッと潜り込ませてきた。

「く……」

彼は甘美な快感に呻き、モグモグと美女の舌先を締め付けた。

やがて初音は舌を引き抜きながら彼の脚を下ろし、ふぐりに舌を這わせて睾丸を転がし、屹立《きつりつ》した肉棒の裏側を舐め上げてきた。

滑らかな舌先が先端まで来ると、粘液の滲んだ鈴口が丁寧に舐められ、さらに丸く開いた口がスッポリと肉棒を根元まで呑み込んでいった。

薄寒い庫裡の中、快感の中心部のみが生温かく快適な場所に納まった。

「ンン……」

初音は深々と頰張って熱く鼻を鳴らしながら、幹を締め付けて吸い、熱い鼻息で恥毛をそよがせた。

口の中ではクチュクチュと舌が滑らかに蠢いてからみつき、たちまち肉棒全体は美女の清らかな唾液にまみれて震えた。

さらに顔を上下させ、濡れた口でスポスポと摩擦しはじめたので、新九郎も下から股間を突き上げた。

すると、やはり初音は彼の高まりも充分に悟り、良いところでチュパッと口を離して前進してきたのだ。

彼が入れたい頃合いを見計らっているので、新九郎はただ黙って仰向けになっていれば良いのである。

初音は先端に割れ目を押し付け、ゆっくり腰を沈めると、ヌルヌルッと滑らかに膣口に受け入れていった。

「アア……、いい気持ち……」

初音が根元まで納めて座り込み、顔を仰け反らせて喘いだ。

新九郎も肉襞の摩擦と温もり、きつい締め付けに包まれながら快感を味わい、両手を伸ばして彼女を抱き寄せた。

初音は味わうようにキュッキュッと収縮させながら、彼の胸に胸を突き出してきた。

これも、彼がしたいことを熟知しているのだ。

新九郎は薄桃色の乳首にチュッと吸い付いて舌で転がし、顔中に密着してくる柔らかな膨らみを味わった。

左右の乳首を交互に含んで舐め回し、もちろん腋の下にも鼻を埋め込み、生ぬるく湿った和毛《にこげ》に籠もった甘ったるい汗の匂いに酔いしれた。

「ああ……、動きますよ……」

初音が言い、徐々に腰を動かしはじめた。

新九郎も両手を回し、合わせてズンズンと股間を突き上げていった。

大量に溢《あふ》れる淫水が律動を滑らかにさせ、ピチャクチャと淫《みだ》らな摩擦音も響いてきた。

彼は初音の白い首筋を舐め上げ、唇を重ねて舌を挿し入れた。

彼女もチュッと吸い付いて受け入れ、ネットリとからませてくれた。

生温かな唾液に濡れた舌が滑らかに蠢き、しかも彼が好むのを知っているからことさら大量にトロトロと唾液を注ぎ込んでくれた。

新九郎は小泡の多い唾液を味わい、うっとりと喉を潤しながら突き上げを強めていった。

「アア……、いきそう……」

初音が口を離して喘ぎ、彼は鼻を押し付けて湿り気ある息を嗅いだ。

彼女の息は今日も可愛《かわい》らしく甘酸っぱい果実臭の刺激を含み、悩ましく鼻腔を満たしてきた。

さらに初音は舌を這わせ、チロチロと彼の鼻の穴も舐め回してくれた。

「い、いく……！」

たちまち新九郎は高まって口走り、あっという間に大きな絶頂の渦に巻き込まれてしまった。

快感とともに熱い大量の精汁がドクンドクンと勢いよく内部にほとばしると、

「き、気持ちいいわ……、アアーッ……！」

噴出を感じた初音も、気を遣りながら上ずった声で喘いだ。ガクガクと狂おしい痙攣が開始され、膣内の収縮も最高潮になった。

新九郎は大きな快感を味わいながら、心置きなく最後の一滴まで出し尽くしていった。

「ああ……」

すっかり満足しながら声を洩らし、徐々に突き上げを弱めて全身の力を抜いていくと、初音も硬直を解いて遠慮なく、グッタリと彼に体重を預けてもたれかかってきた。

新九郎は、彼女の重みと温もりを受け止めた。まだ収縮する膣内で、射精直後の一物がヒクヒクと過敏に震えた。

「あう……」

初音も敏感になって呻き、キュッときつく締め上げてきた。

新九郎は繋《つな》がったまま、初音の果実臭の息を胸いっぱいに嗅ぎながら、うっとりと快感の余韻に浸り込んでいった。

(明日から西か……)

激情が過ぎ去ると、急に現実の思いが胸をよぎった。

互いに荒い呼吸を繰り返しながら、新九郎が見上げた。

すると天井の破《やぶ》れ目から、いつしか晴れ渡った空が見え、中天に満月が煌々《こうこう》と照っていた……。

美女手形

一〇〇字書評

切り取り線

購買動機（新聞、雑誌名を記入するか、あるいは○をつけてください）	
□（　　　　　　　　　　）の広告を見て	
□（　　　　　　　　　　）の書評を見て	
□ 知人のすすめで	□ タイトルに惹かれて
□ カバーが良かったから	□ 内容が面白そうだから
□ 好きな作家だから	□ 好きな分野の本だから

・最近、最も感銘を受けた作品名をお書き下さい

・あなたのお好きな作家名をお書き下さい

・その他、ご要望がありましたらお書き下さい

住所	〒				
氏名		職業		年齢	
Eメール	※携帯には配信できません	新刊情報等のメール配信を 希望する・しない			

この本の感想を、編集部までお寄せいただけたらありがたく存じます。今後の企画の参考にさせていただきます。Eメールでも結構です。

いただいた「一〇〇字書評」は、新聞・雑誌等に紹介させていただくことがあります。その場合はお礼として特製図書カードを差し上げます。

前ページの原稿用紙に書評をお書きの上、切り取り、左記までお送り下さい。宛先の住所は不要です。

なお、ご記入いただいたお名前、ご住所等は、書評紹介の事前了解、謝礼のお届けのためだけに利用し、そのほかの目的のために利用することはありません。

〒一〇一-八七〇一
祥伝社文庫編集長　坂口芳和
電話　〇三（三二六五）二〇八〇

祥伝社ホームページの「ブックレビュー」からも、書き込めます。

http://www.shodensha.co.jp/bookreview/

祥伝社文庫

美女手形《びじょてがた》　夕立《ゆうだ》ち新九郎《しんくろう》・日光街道艶巡《にっこうかいどうつやめぐ》り

平成29年10月20日　初版第1刷発行

著　者　睦月影郎《むつきかげろう》
発行者　辻　浩明
発行所　祥伝社《しょうでんしゃ》
東京都千代田区神田神保町3-3
〒101-8701
電話　03（3265）2081（販売部）
電話　03（3265）2080（編集部）
電話　03（3265）3622（業務部）
http://www.shodensha.co.jp/

印刷所　萩原印刷
製本所　ナショナル製本
カバーフォーマットデザイン　中原達治

 ISBN978-4-396-34365-1 C0193